U0596356

书问京都

苏枕书 著

中华书局

图书在版编目（CIP）数据

书问京都/苏枕书著. —北京:中华书局,2021.8
ISBN 978-7-101-15246-3

Ⅰ.书… Ⅱ.苏… Ⅲ.书信集-中国-当代 Ⅳ.I267.5

中国版本图书馆 CIP 数据核字（2021）第 118097 号

书　　　名	书问京都	
著　　　者	苏枕书	
责任编辑	孟庆媛	
出版发行	中华书局	
	（北京市丰台区太平桥西里 38 号　100073）	
	http://www.zhbc.com.cn	
	E-mail:zhbc@zhbc.com.cn	
印　　　刷	天津图文方嘉印刷有限公司	
版　　　次	2021 年 8 月北京第 1 版	
	2021 年 8 月北京第 1 次印刷	
规　　　格	开本/787×1092 毫米　1/32	
	印张 13　插页 2　字数 216 千字	
印　　　数	1-8000 册	
国际书号	ISBN 978-7-101-15246-3	
定　　　价	68.00 元	

目录

序

吴从周

　　京都的小，我原先并不太有确切的概念。后来有一次枕书说要去郊外的岚山见朋友，是一趟遥远的行程。我对遥远这个形容好奇难耐，查了一番地图，才发现不过是从北京的四环外到市中心的距离而已。

　　我不知道是因为京都的"小"放大了她对距离的感觉，还是因为宜于安放身心的尺度，让她选择一直生活在京都。倘若在阔大堂皇的都市，恐怕确实难以沉静，别的小地方又多少担心闭塞。而她多年来学业与人生的进路都围绕在此，只好视为一种特殊的缘分。

　　还是先介绍一下本书的缘起。

　　十来年前，枕书初到京都不久，南通严晓星先生——也就是书中的嘉庐君，邀她在报上开一个专栏，以通信的形式谈京都的生活、读书和见闻。当时专栏的目的是为报纸读者增广一点域外新知，不知不觉竟然连绵至今。而且从生活见闻，渐渐按捺不住涉入历史、民俗、文献、版本等等，不太顾及"阅读门槛"这件事了。

一个并不那么通俗的专栏，能延续十年之久，在流行速朽的当下算得上罕见。而且报纸专栏已然是一种媒介形式的落日余晖，书信体更是一种堪称古典的写作形式。书信集这个词，说起来仿佛在上个世纪。能够初具规模且再次成书，多赖嘉庐君的苦心维持。

至于用书信体，嘉庐君的原意是读起来亲切自然。我觉得今时今日的书信体，不妨将之视作某种叙述的"计谋"。这种形式本身就传递着作者的趣味，读者亦可代入私人对话的情境，获得一种视角独特的体验。书信是一种高语境的表达，私人对话，来言去语。"前番来信问某事"，便可穿越时空，拾起无穷细节。

先前的部分书信已于2017年在中华书局结集成册，题作《京都如晤》。《书问京都》可视为续集，"书问"即通信，而"书"亦可与"书籍"双关。开篇始于2012年，不过头两年的部分仅是朝花夕拾，取一二遗珠，主体则是最近四五年的思考与写作。相隔数年，文字风格、个人兴趣及处世心态，自然都与时推移。

作者客居京都的头几年，难免有旅行者的冲动和热情，急于收集前所未见的奇观宝藏，将它们一一描摹陈列。之后几年，慢慢洗去了这一点躁动与犹疑。因此相比《京都如晤》，这本书呈现出更为沉静、确信的状态，也不乏松弛的趣味。

自从住到吉田山脚下，枕书的生活大略不出家、学校与书店的范围，仿佛恪守修道院的守则。出门散步，也总在附近的寺庙。说要爬山，二十分钟即已回来，就是在家门口的吉田山上走了一圈。鸭川举足可至，河里有野鸭、白鹭，有肥大的鲤鱼浮潜，岸边摇曳着野燕麦，是散心和跑步的胜地。但她也很少去，说是过于遥远，仿佛是一条界河，对岸是她轻易不愿踏入的空间。

只有周末出门上课，才顺便在市中心的百货店买一些生存物资。会高兴地说起有什么应季的美味，比如很好的笋，新上市的海胆。有时候是熊本县产的丑番茄——因为长得不好看而便宜，却是浓郁的美味。

这样枯燥乏味的生活节奏，我也颇受连累。每次来京都团聚，极少作悠闲的嬉游，多半要帮她检索资料、校对文稿，出门旅行也多为考察遗迹。曾经坐长途火车去和歌山县海南市，探访善福院管理的山井鼎之墓，村庄萧条，令人疑心是否只有我们贸然造访。也曾花费整个下午，在向日市的老城区里，一栋屋　栋屋地看过去，比照资料图片寻找狩野直喜的故居。跋涉至腿麻脚软，最后打电话到市政部门，才知道早已改建，无从分辨。

总而言之，这些年里，她都保持着一种离群索居的状态，沉溺于故纸堆和个人趣味。这种状态如乘桴浮于海，随心而游。只是再苦心加固的龙骨与肋板，也难以抵御突如其来的风暴与暗礁。不过与海上的自由相比，风浪的威胁则是理应承受的挑战。

近来，枕书少有的改变是喜欢上观鸟。识得许多新的鸟名，知道山里的常客是栗耳短脚鹎、杂色山雀、大山雀、灰鹟、北红尾鸲和灰椋鸟。了解事物的名字是一件奇妙的事，能说名字，便似乎有了更多感情的牵连。难怪许多宗教与民间传说里，格外看重名字的意义。

再说回本书标题中醒目的"京都"。千年古都给人的印象，似乎是凝固不动的标本，但即便是以十年去度量，京都也发生着许多变化。银阁寺坂道上，从前的店铺已多半改换门庭，"更可恼为迎合游客趣味，出现了一些出售粗劣版画的店铺，从前精美而略价昂的明信片都不见了"。京大附近忽然开了一家炸鸡店，年轻的学生排起长队。叫做电球的小酒馆，不知何时悄悄换了主人。一些熟识的旧书店，因为店主年老，也慢慢歇业。人总是更喜欢周遭是稳固、永恒的，这种熟悉感是一种保护壳，免于时间飞逝的恐慌。但毕竟是徒劳，流逝与离去一直在提示我们人生的随机和有限。在这缓慢却无可逆转的流逝中，古都不仅是她生活与学习的背景，也是她观察世界的重要参照。

这本书里的京都，跟热闹的旅行消费符号几无关系。书中所涉，一部分是年年举行的祭典，比如吉田神社的节分祭、春夏秋三季的书市，以及长居于此的日常生活与人情往来。另外则大多与书和学问有关，京都自古是日本文化的中心，这里聚集着来自中国、朝鲜半岛的书籍与知识，并孕育出新的文化风景。书中也写到去各地图书馆、博物馆搜集资料、查询档案的见闻。在京都买书、读书，并以此为基点，去探索更广阔的世界，我很羡慕。

2020 年之后，世界发生了不小的变化，这在书中留下了非常鲜明的印记。疫病带来的变化，不仅是宏观、抽象的世界格局如何变化，还有日常生活的习惯与记忆如何被改造。因此，这一年的记录有其独特的价值。

如今的京都，游客绝迹造成的萧条自然已是常态，从前被当做旅行地标的老店铺陆续关门或缩小经营规模。面对这种萧条，即便是最保守的本地人也态度复杂。一面是觉得终于排除了外来观光者的打扰，回归属于本土的秩序和平静，一面又感到某种今不如昔的失落与对未来难以排遣的忧虑。信里讲到一处很有意思的细节，说本地人提到奈良的鹿，一面感叹它们不吃游人胡乱投喂的食物，终于拉出了健康的粪球；一面又忧心没有足够的食物，令它们满街扫荡，饥不择食地掠夺居民的花圃和菜园。

防疫措施不断提醒人们这是非常时期，人与人之间需保持距离，而日本"紧急事态宣言"的反复与无效又造成普遍的疲惫。信里写到，有一次电车遇到跳轨事故而延误，广播里不断给等待的乘客道歉。在活着的人听来那语气是客套谦恭，但一想到刚有生命逝去，这种"道歉"是如何的残忍——死亡在别人眼中只是"麻烦"。据说很多人持这样的道德观，在城市里自杀是不道德的，因为影响别人，而跳轨更是其中最不高尚的一种。负责的办法是悄悄地、无声无息地在这无边的世界上消失。初听枕书讲述这些事时，就为这种直白的冷血感到震惊。

这或许是日本社会特有的疏离与冷漠，我不能确定。但能抵御日常荒谬之事的，可能也是日常坚持的一切，比如古书店协会在秋天决然恢复的古本祭，比如花艺人在商场角落年复一年安置插花。人的创造与善意，总会带来温情、希望，并在传递中收获奇妙的回馈。

书里还写到了曾经一起经历的旅行，其中很多细节我已想不起来，看到文字，才还原至丰富鲜活。这也充分说明了记录的意义，如果生命被遗忘俘虏，那么每一天的流逝则难免近于没有意义的重复。

我最喜欢的篇章，是最后的《异乡人的西云院》，仿佛曲终奏雅，让人遐想此后的新乐章。西云院是我跟枕书多次去过的地方，院内花木葱茏，四时不绝，尤其是夏天的荷花，最令人难忘。我从未留心院内的石像，而枕书偶然发现一尊石像下面的台石刻着"杏山王鞬南"、"大明国"等字。之后她翻检各种资料，搜集到这位明人在京都生活的寥寥几条记录。从中大略可知王鞬南是一名医生，明末自福建渡海来日本，在京都继续行医，很受人敬重。他在京都大约生活了十二年，最后葬在西云院。

他为什么来，为什么没有回故土，又如何辞世，这些问题，都无从得知。西云院本就是在历史中被裹挟至此的朝鲜人所创，后来也专门收留来自中国、朝鲜的亡魂。我们熟识的在京都的友人每到春天，就会想念故乡的香椿。我们也叹息日本人居然不大吃杨梅和丝瓜，不知在京都生活过的这位福建医生是怎样面对异域风物、故国之思？异乡人总是"在"而"不属于"某地，同时他所"属于"的地方，又在世事推移中无法返回。全球流动的今日，这样的故事越来越多，益成常态。最终，这种天长日久的悬置和抽离，反倒成为了身之所托，心之所寄。

向虚无处求实在，在无着落处得真意。就好像梦中听见"扑"的一声，想是瓶中牡丹凋谢，醒来果然如此。

壬

辰

年

壬　辰　年
二〇一二年

奈良的晚上

嘉庐君：

今天黄昏，从甲贺回到京都，途中路过无穷无尽的山，夕阳寂静地挂在山坳里。城外看不到什么人，城里则人满为患。回乡省亲的人们纷纷返城，好比春运。从周已回到北京，他刚来的那天，我因为上课，没有去机场迎接，只给他订了一家出租公司的车。并打招呼说此人不懂日语，请多谅解。那家公司很贴心，特地派出一位"懂一点中文"的司机，如约将从周送到我家楼下。车刚停，就见一位白发苍苍的司机无比热情地朝我奔来，大声问："您好！一切都好吗？"见我能讲日语，他开心极了，转头对从周又拥抱又鞠躬，十分周到地问候了，这才恋恋告别。

从周说，司机只会讲三句中文，"谢谢你"、"辛苦了"、"身体好吗"。两个小时的路程，一直努力与他聊天，如此热情，令他受宠若惊。我让他不要惶恐，因为这是日本"服务"意识格外明确的缘故。这里的初中生刚去打工时，就要学习如何"服务"，如何"微笑"，如何让客人觉得妥帖。等他们稍大一点，就完全掌握了滴水不漏的服务技术。

几年前我刚来，第一次去居酒屋，与我一般大的女孩子一叠碎步到跟前，轻手轻脚递茶水，柔声递菜单，又单膝跪地、殷殷仰面记菜品。初时大不习惯，都不敢直视她，匆忙点了就罢。日本虽有现代公寓，但室内多半会置矮桌，人们对席地而坐并不陌生，故而跪姿似乎不是过于生硬的行为。打工时"服务"的谦卑于自尊并无损害，"工作只是工作而已"，经常听到这样的说法。

岁末的一天，与从周去奈良看法隆寺，在大讲堂捐了一块平瓦。梦殿前有一株美丽的樱树，已鼓出花苞，让人遐想春天的样子。四时许往奈良城中去，在电车里望见窗外绵延的山头，低低悬着一轮硕大的皎月，衬着傍晚的云空，像《万叶集》的场景，原来是十五夜。回到城里，天已全黑，游人也散尽，只有清辉洒落，古都仿佛浸在湖水里。在奈良町一家旧书店买了几十本书，幸好可以邮寄回京都。从周对我买书时迅捷的决断感到震惊，但也没有多说什么。为了安抚他，便带他去街中一家居酒屋小坐，想与奈良的夜色再厮磨一阵。

店里一位高中生模样的少女，躬身上前打招呼，请我们入座，拉椅子、拿包、挂外衣、递热毛巾、送菜单，一气呵成，谦恭温柔，又干净利落，非常漂亮。从周面露赞叹之色，怀疑

富冈永洗 《摘草》，1902年

水野年方《悬想文》，1902年

她是不是这家店的女儿，从小耳濡目染。酒过数巡，忍不住问她，您是这家的小姐么？她微笑摆首，不是不是，我只是在这里打工而已。居酒屋掌勺的师傅则是另一种风格，貌似冷淡，一直埋头料理各种菜肴，动作漂亮得近于炫技。其实时时留心客人所需，客人前一道菜没吃完，下一道菜绝不忙呈上。客人酒杯刚浅，略露不足之色，即递上酒单。要是客人神定气闲，似已饱足，则笑问要不要尝尝店里的茶泡饭，作为奏雅的尾声。师傅和客人之间，哪怕是第一次见面，也有诸多会心处，这正是居酒屋的有趣之处。若师傅心情好，偶尔会给客人送一道即兴发挥的菜助酒兴。

从周不知从哪里听来的说法，担心在居酒屋吃不饱。我告诉他，在这里应该多聊天，怀着做梦一般的心情喝酒。我们喝了梅酒、芋酒与日本酒，很愉快。走在寂静的街上，仿佛在荡漾的舟中。等回到京都，已近午夜。真喜欢奈良，如果能在这里多住几天就好了。

新年前与从周一起买的那束花，今天回来一看，铁炮百合、白梅、玫瑰全开了，满室幽香。但愿能裁一缕随信奉上，祝一切都好。

松如

冬月廿六，时近腊月，渐次多雪

法隆寺梦殿（奈良县发行，便利堂珂罗版印刷，1915年）

癸巳年

癸 巳 年
二〇一三年

东京巡礼

嘉庐君：

　　见信好。这几日都在东京，今天中午才回来。途中看到富士山，晴天下白皑皑的山头，列车飞速而过，很快将山抛在身后。在东京的几天，看了国立博物馆的展览，去国立国会图书馆查资料，逛了神田神保町。遇到漱石的句碑、子规的野球场、一叶的旧居遗迹。旅店在新宿，地铁坐几站就是鲁迅曾提及的日暮里，因为是头一次来，见什么都新鲜。上野的樱树很多，但仍在冬眠。不忍池比想象中大很多，还是枯荷瑟瑟的景象。水边有个小推车卖关东煮，当时非常饿，很想坐下来吃一碗。但着急赶路，并没有停留。闹市当中有此一隅，有些不可思议。

　　先同你略记此番博物馆的见闻。那日早晨坐山手线到莺谷，步行至东京国立博物馆，远近皆是红白二色梅花。博物馆有本馆、半成馆、法隆寺宝物馆、东洋馆。去年是中日和平建交40周年，也是东京国博成立140周年，平成馆因而推出"书圣王羲之特别展"，观者极多，据说二月某日竟有十万之众。展览分三部分，共 163 件展品：其一为"书圣书法实像"，惹人注意的是《孔侍中帖》、《行穰帖》、《妹至帖》等摹本；其二为"百花缭乱兰亭序"，有各家所藏兰亭序摹本并各家临本；其三为"王羲之书法的接受与展开"，重点介绍帖学派与碑学派的对立。展厅过于拥挤，只有随着人流极缓慢地、挨着玻璃柜朝前挪动。在拥挤中喘息的片刻，瞥见第二展厅有以《兰亭图卷》（万历本）为底本的的立体动画，做得很不错。

看完王羲之，就去常设展，有近代油画家黑田清辉的展厅，迎面就看到那幅著名的《湖畔》——没想到原画幅这么大。画的是箱根芦之湖的风景，女子着蓝色白条纹浴衣，手执纸团扇，眉目略衔哀愁。黑田是明治年间著名的洋画家，少年时留学法国，原本志在法律，两年后转向了绘画。回国后在东京美术学校任教，培育人才众多，对明治画坛有很大的影响。

本馆的"日本美术史"共设十个展厅，像整个学期的课程。比较认真看的是"佛教的兴隆——飞鸟·奈良"、"佛教美术——平安至室町"这两部分。可惜酒井抱一那幅《夏秋草图屏风》最近不展出，日本屏风绘里，最喜欢那一幅。

随后去法隆寺宝物馆。馆外开满白梅，香气潮润，枝上有不少绣眼儿，东京的梅花比京都早开半月有余。馆内藏有法隆寺所献 300 余件展品，这次去看到：一楼的灌顶幡、飞鸟时代的诸佛像，二楼的木工、漆工、金工、绘画、书法、染织四部分。佛像展厅光线极黯，六十四尊佛像分贮小玻璃立柜中，每尊都得小束柔光。进得门内，一片幽光境界，佛像林立，很震撼，要走到最近才能看清，仿佛被吸进了那微小又无尽的世界。金工展厅有著名的鹊尾形柄香炉，之前常在书中邂逅，今番终于得窥真容。

最后去东洋馆，即日本以外的亚洲文化展厅。一楼陈列中国佛像；二楼是印度、犍陀罗的雕刻，西域美术（多数为大谷探险队所得），西亚、埃及美术；三楼主题是中国文明的起点，陈列中国的青铜器、墓葬品、陶瓷、染织、缂丝等等；四楼是中国石刻画艺术、绘画及明代书法；五楼主题之一是漆工，有清代工艺和朝鲜工艺美术，以及朝鲜陶瓷、朝鲜佛教美术、李朝美术等等。地下一层有印度细密画、亚洲染织、东南亚陶瓷。走马观花，不知餍足。东洋馆的展品很丰富，看一整天也不够。在中国佛像、中国绘画与明代书法三厅流连最久。著名的《红白芙蓉图》不在展期，邂逅了吕纪的《四季花鸟图》。我喜欢夏天的单瓣栀子，画得细致极了，仿佛闻得见香气。文徵明的《楷书离骚九歌卷》也好看，纸幅所限，就不与你继续罗列名称了。

书蠹圣地神田神保町，此番总算去瞻拜过了。沿书店街一

东京博物馆藏吕纪《四季花鸟图》夏之卷，栀子局部

家一家逛过去，乐而忘返。不论我多么不喜欢大城市，只要有神保町，就无法说东京的不是。最近对浮世绘中的猫很感兴趣，因此来到一家叫原书房的浮世绘专营店。一楼是书籍，二楼是画册与版画。拾级而上，楼梯两侧挂着原版浮世绘。二楼地方不大，版画放在木架上，另有两只书架放画册。版画有江户、明治时代的旧物，也有明治以后的复制品，二者价格差距很大。江户与明治的原版画之间价格差距也非常大。转了一圈，店员微笑问我想找什么。我说，想找与猫有关的浮世绘资料，报了个书名，《江户猫——浮世绘猫大全》。她点头说，请稍等。很快就在架上找到，很佩服她对书目的熟悉程度。她说，既然喜欢猫，那一定喜欢歌川国芳的画。我连连点头。她笑叹，国芳的画十分受欢迎，原版市价颇高，与猫有关的就更可珍，刚上架立刻就能卖出。翻找半晌，确实没有一幅。于是抱歉着从库房抱出大叠新收来的原版浮世绘给我慢慢看，知道我买不起，也不妨事，只道和客人一起看画儿很开心。

她跟我讲如何给浮世绘断代，如纸张的纹路、颜料的色泽与气味。"江户时代的红色用植物染料，较为温润。明治时代多用化学染料，很鲜艳。藏家大多喜欢江户红。有人特别不喜欢明治红，觉得刺眼。""江户时代的蓝有本土的靛蓝、海外的普鲁士蓝，都很好看。"听她谈这些，受益颇多。我说，很喜欢镝

神保町偶见传统风格的手写书价标签

木清方、水野年方、小村雪岱他们的插画。她说，明治时期的插画市价都不高，但都很好看。若喜欢，则很适合收藏。我挑了几幅，又选中一幅明治十二年（1879）三代歌川广重绘《东京花名所》中的《堀切里花菖蒲》。堀切里是江户末期至明治年间东京著名的菖蒲园，在《江户自慢三十六兴》《江户名胜图绘》等系列里均有描绘。而我买的这幅色泽秾艳，正是资深藏家不喜欢的"明治红"——然而谁不爱"江户红"呢。

外面天色转阴，像是要下雨。她用塑料袋包好画儿，放入夹板捆好，再裹两层，确认妥当后才交给我。又聊了很多与浮世绘、日本画有关的内容，留了联系方式，约好她来京都，我们一起去逛京都的浮世绘店。

从京都站回家的公交车上，旁边一位老太太同我聊天。不知怎么说到自己很寂寞，丈夫过世三年，虽有儿孙满堂，仍觉得冷清。"以前他在，我去哪里跟着就好，路名之类一概不记。他走了，我不得不去记牢公交线路。每次学会一点东西，记住一点东西，都会觉得，真是寂寞。"我喜欢听这些萍水相逢里的闲谈，像写在水上的歌。

松如

正月廿二，京都夜雪

原书房所购明治十二年（1879）三代歌川广重绘《东京花名所》中的《堀切里花菖蒲》

（附记：原书房每季都会按时寄来图册，大多价格昂贵，非我有能力入手，但确是很好的资料。最近看上河原崎奖堂的一幅栀子花，也许会买下）

书蠹圣地神田神保町

丙

申

年

丙	申	年
二	○一	六年

框内，框外？

嘉庐君：

见信好。今日下午，前嘱书款已经邮局银行付讫，近日书籍即可寄到。转眼一周又过去，杂事缠身，难得喘息，来信是欲同你请教一件小事。此前注意到日本书志学专业在测量、记录古籍版框高阔之际，多标为"匡郭内"。这一"内"字，似不见国内强调（如《中国版刻图录》所记）。翻检岩波书店1999年版《日本古典籍书志学辞典》，见"匡郭"条有这样的解释：

> 即木版、活字本等版本各页四周框线。中国自明代以来有此名称，亦云边栏、板匡等。日本亦云郭、枠、轮廓，今日书志学用语定为匡郭一词。无匡郭之版本则云无枠本。匡郭形式单线与双线，前者称为单边（单线、单栏），后者称为双边（双线、双栏）。四周单线云四周单边，双线云四周双边。上下单线、左右双线曰

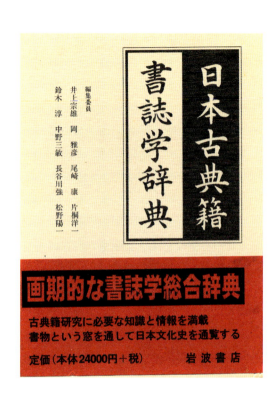

《日本古典籍书志学辞典》（岩波书店，1999 年）封面

左右双边，上下双线、左右单线之情况几乎没有。活字本匡郭通常由四面组成，故而四角常有缝隙，是为识别活字本之显著指标。但江户末期亦有使用固定匡郭的活字本。匡郭尺寸测量法以长泽规矩也所倡之法为合理。即以正文首页为准，高取右侧，广取上方。匡郭之线条有粗细，测量内侧或外侧，所得数值不同。若取外侧，刷印之际，因马棟使用法各有不同，着墨或有溢出框外者，故应以测量内侧数据为准。此外，版木经年刷印，或整体收缩。因此，判断同一版本不同传本的刷印先后，比较同一处匡郭尺寸，是为有效之法。（151 页）

　　这段叙述已解释了我不少疑问。"马棟"是日本传统印刷工具，又写作"马连"，读作"バレン"。圆形粉扑状，芯子是用纸绳或棉绳等材料紧紧盘成蚊香状，其外包裹笋皮。在喜多川歌麿的浮世绘《江户名物锦画耕作》（享和三年，1803 年，共六幅）中，有表现浮世绘制作的全过程，分别是绘制底图、雕版、明矾水刷熟纸、刷印、卖至店铺、顾客购买。其中刷印一幅，当中两位女子右手所执的工具无疑正是马棟。此物与中国传统印刷中的毛刷状工具（棕皮刷、棕皮擦等）有所不同，虽有观点认为该词或许来自汉文中的"马鬃"一词，即马鬃毛

制成的刷子，这一词汇可能经朝鲜半岛传入了日本，但刷状物与扁圆的马棕显然不同，这种解释比较牵强。韩国在印刷版木时，会先用软毛刷沾墨，均匀涂抹版木，之后覆盖纸张，用一种扁平的毛擦子来回刷印纸背即可。这种毛擦子韩文作"밀대"，即"擦子"、"平板刷"之意。这个词汇现在更多指平板拖把，或擀面杖，因为都是从动词"推"、"压"转换而来。"밀대"的读音与"バレン"相去甚远，应无关联。日本印刷史、版画史的通说都认为"马棕"一词"语源不明"，是谨慎的判断。

　　近年有日本学者从谷腾堡印刷博物馆的陈列品中得到启发，认为"バレン"一词的语源或来自德语"ballen"。那是一种兽皮制成的扁圆形墨垫，内填羊毛或马毛，其上有木制圆柄，常见于表现谷腾堡印刷风景的绘画中。使用时双手各执一只墨垫，蘸取油墨，均匀涂抹于印版。之后再将手中的墨垫相对摩擦，使油墨更为均匀。如 druckerballen（印刷擦墨垫）、lederballen（皮擦墨垫）均以此为词根。十六世纪末至十七世纪初，耶稣会士曾将西方活字印刷术带到日本，即"吉利支丹版"（キリシタン版），或许当时的确有工具"ballen"。不过，虽然"ballen"的发音与"バレン"很接近，构造也勉强有相似之处，但一个是刷墨用，一个是印刷时刷擦纸背，二者之间并未有明确的连线。总之，既不能说今天日本将其叫作"马棕"（中文译作竹皮擦，

喜多川歌麿浮世绘《江户名物锦画耕作》（享和三年，1803年，大英博物馆藏）中摺工一幅，可以见到女子手中所执马楝

喜多川歌麿浮世绘《江户名物锦画耕作》（享和三年，1803年，大英博物馆藏）中的版木师雕刻情景

喜多川歌麿浮世绘《江户名物锦画耕作》（享和三年，1803年，大英博物馆藏）中的店头风景

或直曰马连）完全源自中国，亦不能坐实这一词汇受到德文影响。

与中国木版印刷时用力较轻不同，朝鲜本、和刻本用纸均坚厚，因此刷印时比较用力。前月曾见黄檗山宝藏院的师傅刷印经书，手执马楝，来回刷过纸背，用力不小。因为刷印方向总是从版框内向外，因此框外的确比框内更容易溢墨，不同力道刷出的外框厚度可能有所不同。长泽规矩也的这条标准化规定，应该离不开他对印刷技术的关注。他是日本版本学、书志学近代化的重要人物，也是东京方面该领域的权威，不少工作、研究都具有开拓性，并为后人提供了详细的操作规则，这对培养图书馆工作人员大有意义。

1931 年，长泽与川濑一马等学者结成日本书志学会，并于1933 年起创刊《书志学》杂志。除了发表汉籍研究、版本鉴定的文章，长泽也在《书志学》上提出了大量技术性问题，如统一书志学用语，讨论古籍展览会图录的编辑法、汉籍保存法等等，十分细致。往往联想到辛德勇老师平时发表的古籍版本札记，简洁明快，对我这样的门外汉而言，好比度人金针。曾买过日本书志学会 1932 年起编纂印行的《善本影谱》，图版均为珂罗版印刷，附有解说，是很好的学习材料。影谱解说上也明记"图版记载尺寸为测量各叶匡郭内"。

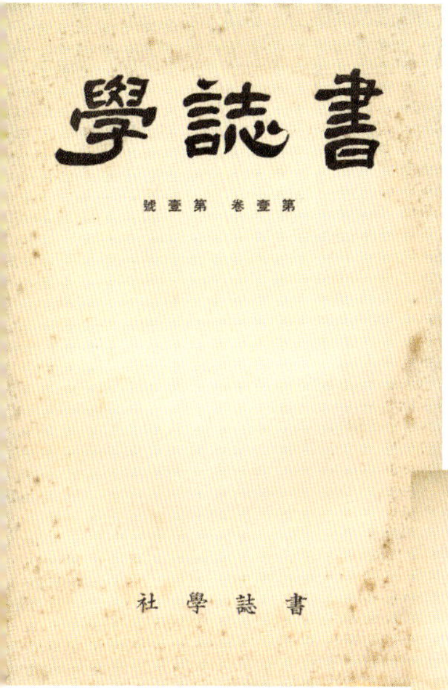

《书志学》创刊号封面，1933 年

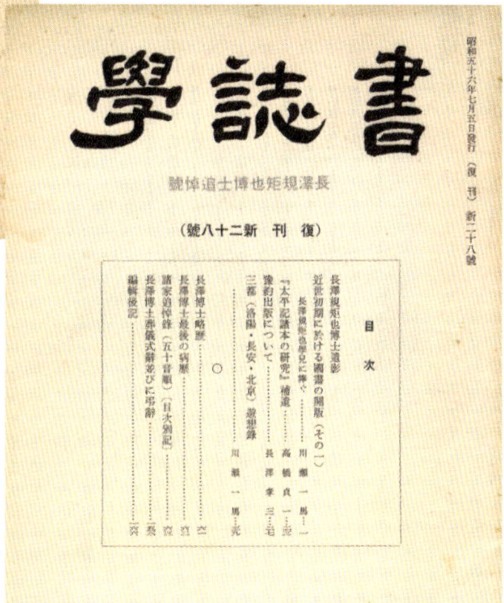

《书志学》"长泽规矩也博士追悼号"，1981 年

古籍调查中的长泽规矩也，日本书志学近代化的重要人物

"匡郭"一词，与我们通行的"版框"、"边栏"之意相同，原意"轮廓"、"范围"，古典文献中并未特指版本框线。这一词汇作为日本书志学专业用语，也是长泽规矩也定下。1933 年 5 月，刚刚成立三年的日本书志学会在东京神田一桥教育会馆举办"宋刊本展览会"，长泽撰写解说，并将之印成小册，作为普及书志学知识、宣传该会的材料。解说中介绍宋本形态，特别提到"匡郭"，解释词义之外，有这样一段：

> 以往测量印本尺寸，自匡郭外量起，云高几寸几分。然而外框粗线的外侧多有不明了处，虽然内侧细线偶亦模糊不明，但我们还是从细线内侧（单边时自然是测量粗线内侧）量起，记曰纵几寸几分。横向则取（细线）内侧至版心内侧。

可知取匡线内侧数据的版框测量法，是 1933 年 5 月书志学会举行"宋刊本展览会"时确定的统一做法，之后逐渐成为业内人士的标准操作。长泽撰写了很多面向图书工作者的入门书，如《古書のはなし：書誌学入門》（富山房，1976 年）、《図解書誌学入門》（汲古书院，1976 年）、《図書学辞典》（三省堂，1979 年）等等，发行量都不小，不仅是图书馆员的案头参考书，

日本书志学会编《善本影谱》第一辑，1932年1月

日本书志学会编《善本影谱》第六辑"宋刊本之一"
（1932年）目录，明记"图版记载尺寸为测量各
匡郭内"

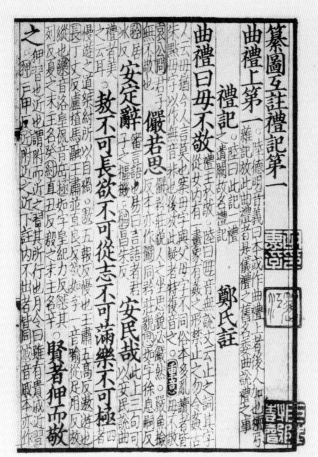

《善本影譜》第六輯靜嘉堂文庫藏宋刊本《纂圖互注禮記》書影

也是旧书店主人们须臾不离的工具书。

测量版框，可以说是人人都知道的版本学手法，但具体如何操作，我此前竟全然不知。曾向史睿老师请教版框测量的问题，答云国图似以测量外侧为多。前日在上海，又向郭立暄先生请教，云上图似亦无定准，但代代相传，似默认以内侧为佳。有关此点，也很想请教你的意见，不知有无业内默认的标准？

今年三月中，曾在山梨县山中湖合宿数日。最难忘是听永田知之老师讲课，引吉川幸次郎语云，要在书籍每一页留下指纹，方称得上读书。当时听老师如数家珍，深觉倾慕。人文研汉籍读书班上，每讲解一书，必令大家亲自翻看原本，寻找各种细节。有意观察老师们测量板框之法，的确均取首页内侧，说是前一代老师们都这样做，业界确定相同的测量标准，更方便共同讨论。汉籍读书班的一项工作是检核前人所撰解题，首先从测量板框高广开始，时见出入，往往引起讨论，可见虽是细枝末节的问题，却仍有斟酌的余地。传统学科现代化的重要一步，就是定名、确定标准、公开资料，而不是云山雾罩地对门外人强调专业的神秘与高端。

前一阵读到宫内厅书陵部藏南宋单疏本《尚书正义》，暑假时写论文，刚好也略有了解。然而再次比对，发现宫内厅书陵部公开画像与大阪每日新闻复制本首页印章位置即有不同。

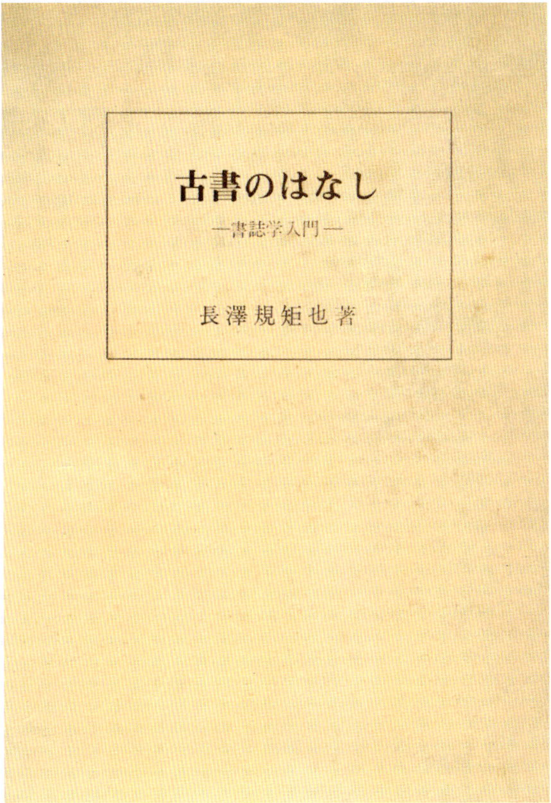

古書のはなし

―書誌学入門―

長澤規矩也 著

长泽规矩也《古書のはなし：書誌学入門》（古书之话：书志学入门）
（富山房，1976 年）

这让我重新审视珂罗版技术，原以为极可留真，竟会有这样的出入。更不用说陶湘《涉园所见宋版书影》所收之页，改动更多。仿佛游戏"找不同"，透过"不同"，探索产生原因、制作过程，乃至复制者的意图。

近来偶遇朋友书店一部平冈武夫旧藏影印宋单疏本《毛诗正义》，很喜欢，也觉对自己研究有意义。然而年底财政状况堪忧，实费踌躇。不知你回信时，我会不会已买下此书——虽然我知道，你肯定会让我买。

松如

葭月初五凌晨

南纪旧闻

嘉庐君：

见信好。前番信里说，为解决《七经孟子考文》副本之一的递藏过程，曾临时起意去和歌山市立美术馆看展览。当时同你提及该副本递藏过程中"谜样的二十七年"，近日已顺利解决。很惭愧，答案就在反町茂雄《搜书家·业界·业界人》的另一篇文章内，反町的其他回忆录中也有提及。更惭愧的是，我早在书中贴过签条，却因没有及时做笔记而全然遗忘了。1934年鹿田松云堂主持的纪州藩旧藏拍卖会上，买走纪州藩旧藏《考文》副本的，是和歌山出身的政治家三尾邦三。昨日对此人经历略作检索，来日或可勾勒成完整篇章。此处先简略言之，权当笔记。

三尾邦三（1891–1966）生于和歌山市造酒商家"大野屋"，号春峰，是这家的次子。日本传统家族都是长子继承法，次子不能分到任何家产，需要通过入赘或自行奋斗等方式独立门户。

反町茂雄《搜书家·业界·业界人》(八木书店，1984年）函套

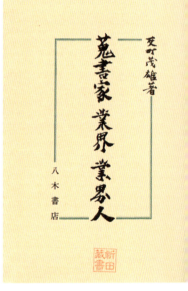

反町茂雄《搜书家·业界·业界人》(八木书店，1984 年）内封

三尾邦三在十岁时就进入大阪古美术商春海商店做学徒；1912年，春海商店的主人春海藤次郎去世，三尾邦三继承了商店，并为自己起了新名字"春海熊三"。1919年，他将春海商店改为股份有限公司，自任董事长，与三井、岩崎、久原等财阀之家有不少生意往来。当时一战结束不久，日本正处于工业生产飞速发展的所谓"大战景气"时期，财力雄厚的财阀纷纷投资古董美术。其时，日本的古美术商行业也空前热闹，不仅在日本国内有很多业务，还积极开拓欧美市场。

在这样的风气之下，1920年，三尾邦三去漫游欧美诸国，考察公私美术馆及美术商行业，历时半载，归来撰成《我所见到的欧美美术》（私の見た歐米の美術，庆文堂书店，1923年）。有意思的是，他在书中屡屡感慨欧美博物馆、美术馆的中国展品整体比日本展品水平高太多，对于日本美术品"彻头彻尾的贫弱"深觉感慨。他分析这是因为中国结束了帝制，进入了共和，因此本来就宏富的前朝文物被欧美公私机构大批购买；而日本名门旧家虽不少，但国内收藏者众多，且不论政府还是民众，都有一种高扬的爱国心，导致美术品甚少外流，也无法为西方所识。个中语境，恐怕不能脱离他美术商的身份。

1927年，他随久原房之助再度游历欧美。久原是以矿业起家的财阀，昭和初年开始从政，加入立宪政友会，并当选为众

574-118√

国立国会图书馆藏春海熊三《我所见到的欧美美术》（私の見た欧米の美術，庆文堂书店，1923 年）封面

议院议员。三尾与他过从甚密，据说认其为义父，随后也加入立宪政友会，并三度当选为众议院议员。

1940年8月，他斥资三十万日元，在自家建设美术馆，名曰财团法人南纪美术馆，是为响应当时日本"纪元二千六百年纪念"，具有强烈的政治意味。此馆战后已废，记录甚少，馆中藏品大多流入市场，不少为和歌山本地博物馆、图书馆收藏，天理大学附属图书馆也藏有若干。纪州藩旧藏的《七经孟子考文》副本，大概是此时进入了天理大学。1966年7月1日，三尾邦三去世于东京，葬礼在护国寺举行，寺内有一座不老门，是他1938年所捐。

自从关注山井鼎以来，我对和歌山有了别样的感情，但和歌山如今很萧条，交通也相当不便。在京都住久了，总以为日本到处都有电车、便利店，还有完全不同于东京、大阪的静寂风情。而稍微往偏僻一点的城市去，一趟电车动辄要等一小时，到处都见不到便利店，才体会到所谓"少子化"的威力。

此外，近来仍在继续追踪在天理图书馆藏《考文》副本书箱上作书的多纪仁。之前在善福禅寺见到的昆仑墓表，也是多纪仁撰成。"多纪"之姓，一望而知是医家姓氏，《医籍考》作者丹波元胤便是多纪家人。多纪仁生于和歌山，对搜集、整理乡邦文献甚为留心，可惜文章实在普通，因此只能是地方学者，

株式會社春海商店專務取締役
衆議院議員

三尾邦三氏

出身地　和歌山市新細工ノ丁
出生　明治二十四年九月二十九日
現住所　大阪市東區伏見町四丁目三六
　　　　電話本局二八三二番

【略歴】三尾庄右衛門氏長男、三尾家は代々和歌山に於て酒造業を營み大野縣と稱す、氏は十歳の頃より大阪春海商店に入り先代春海屋次郎氏に仕て、明治三十五年先代没後十歳にして同店の經營を委られ「春海熊三」の名を以つて知らる、大正八年組織を變更して株式會社となし專務取締役に就任、大正九年歐米漫遊、昭和五年以來業務擴張に努め、「私の見た歐米の漁獲」の著あり、昭和二年帝國政府經濟特使久原房之助氏に從て歐米再遊、昭和網蔵旅行「私の見た歐米の漁獲」の著あり、昭和二年帝國政府經濟特使久原房之助氏に從て歐米再遊、昭和五年以來業務擴張に努め立憲政友會に加入し每年の歲費を私せず選擧臨時國民儲蓄に國防等に寄附す、其他縣下地方研究費、災害救助基金、高等商業學校、六一漢詩會等に各一風圓を寄附し功に依り紺綬褒章を授けらる、岡崎邦輔氏委囑就任賣惣遊び、殿父南町翁追悼の菜菜は例れも豪華人目を驚かせり、雅號春海

【家庭】父庄右衛門氏　南町さ襲す、安政五年九月生、和歌山市小松原通り三丁目松雷莊
妻千龍子夫人　明治三十年三月生、大阪市植村トヲ氏實女
長男陸德氏　大正四年二月生
二男師之助君　大正十二年二月生
【東本宅】東京市赤坂區靑山高樹町六番地　電話靑山六〇〇八番

三尾邦三肖像

三尾　邦三氏（みお・くにぞう＝元代議士）一日午後七時二十二分、脳出血のため東京・麻布永烏居坂町の自宅で死去、七十四歳。昭和五年から連続三回政友会所属で和歌山二区から衆院議員に当選。和歌山県出身。葬儀は五日午前十一時から東京・音羽の護国寺で。

急車募集

《朝日新闻》1966 年 7 月 2 日三尾邦三讣告

出了和歌山就全然无闻。

偶而发现，1928 年 4 月，他曾编过一部《南海先生后集》，即江户时纪州画家、儒学家祇园南海的佚诗集。发行者和中金助是 19 世纪末生于和歌山、活跃至 20 世纪中后期的茶道家，做过银行职员，爱好收藏古董书画，财力可观。此集由和中父亲所藏南海诗集稿本辑出，内容平平，多纪仁序中解释说"虽间有若不经意者，皆不删，惧损其真也"。值得一提的是，这部油印书册卷端为狩野直喜所题，用"狩野／直喜／之钵"并"君山"二印。另有铃木虎雄序文，云"纪州人和中金助藏祇园南海诗稿，多纪君草山〔仁之助〕较之田中履道所编文集，多诗二百四十余首，金助恐其多者散逸，属草山拾出附刊，题曰后集。介邑人京都府第一中学校长山本君〔安之助〕索予序"。文末有"豹轩"、"子文"二印。可知在 1934 年纪州旧藏拍卖会之前，多纪仁已与狩野直喜有过一点交集，而中间的桥梁有可能是哲学家、教育家山本安之助（1872–1950）。

山本也是和歌山人，毕业于东京帝国大学哲学专业，擅长英语，曾担任各地中学的校长，1922 年就任府立京都第一中学的校长，直到 1937 年。一中是京都的名校，汤川秀树、桑原武夫、今西锦司等学者都毕业于该校，校歌是吉川幸次郎作词。在当年京都人的概念中，如果想考京大或东大，首先要考进一中，再考进第三高等中学。山本在任期间，坚决主张自由的学风，努力与当时日本国内日益高涨的军国主义作风对抗，深受学生爱戴。战后，一中改名府立洛北高等学校，现在已算不上是京都地区的考学名校，但仍是公立学校中的名门（偶尔听在这里成家生育的友人谈起本地的考学细节，深感如非亲身经历，恐怕很难记住那些信息）。

祇园南海（1676–1751）出身纪州藩医之家，生于江户。十四岁入京都儒学者木下顺庵之门，素有诗名，与新井白石、室鸠巢、雨森芳洲等人并称"木门十哲"。二十二岁继承家业，任纪州藩儒官，领二百石俸禄。二十五岁因事遭贬，被逐往和歌山城下，流放至纪州远郊。历经十年，到新任藩主德川吉宗（即后来的幕府八代将军吉宗）的年代方获释，不久被任命担当朝鲜通信使的接待任务，与通信使李东郭诗文唱和，得吉宗认可，恢复原有俸禄。之后，藩主创设纪州藩藩校讲释所，命南海为督学（校长），南海遂终老和歌山。讲释所同僚、纪州儒者荫山东门，正是山井鼎少年时期在乡里的蒙师。自从关注山井鼎之后，看到任何与和歌山有关的资料，都仿佛能与他发生联系。

文学部图书馆藏有好几册《南海先生后集》，其中桑原武夫的寄赠本与《篁村遗稿》、《西亭遗稿》同列一函，均为人正、昭和年间刊行的排印本（序文多为油印）。岛田重礼（篁村）是

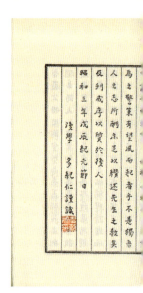

南海先生后集（1928 年，非卖品）多纪仁序、版权页

南海先生凌集序

紀之有文之學舊矣自依洎南海先生以
詩鳴於一世鄉之學士大夫靡然翕注
之餘風之及于凌者且百數十年於是
見詩之為教示大也方有憑公之興學
也先生樂麓山東門權富其仕矣紀藩
始有學焉為韓佐表聘先生出接之妄之
所編知也先生天資高逸其詩未天成

非所學而然也書有晉唐風晝法傳之
池大雅卿藝接之島芙蓉各為一家京
善吹洞簫餘技之所及跆有不可測者
矢宣符詩賦而已或先傳伊藤蘭嶋曰
其氣弘以暢其風騷以靠其詩和以雅
迄可謂稱揚先生而無復餘溫也先生
之集門人田中覆道所輯久行於左然
非其全也間先生家制不許遺稿上木

香嚴公惜之謫令刊之集蓋經公之批
閲立鄉人和中金勁家書有志於風教
藏先生詩福係柰予筆本比種通所輯
顧多矢頃者欲公詩去以領同好富仁
期錄乃採掇前集所有若不輕意者
二百四十及三首雜刖有若不輕意者

江户至明治转折时期重要的儒学者，狩野直喜曾求学其门下。《篁村遗稿》为 1918 年 9 月出版,当中有《与黎莼斋书》(卷上)、《送清国公使黎莼斋序》(卷中)两篇值得留意。李庆先生早在《黎庶昌和岛田重礼》一文中重点介绍前者,不过他最初是从筑摩书房 1983 年版《明治文学全集》中发现此文。后一篇有"尤留意古籍,苟有遗文坠典存于今日者,竭力搜访之,积成巨帙,名曰《古逸丛书》,翻雕以行于世","今兹庚寅冬月,任满将归"等语,知为 1890 年黎任满归国时所作。现在《黎庶昌全集》已出版,若对照参看,应有新知。新资料层出不穷的今日,应注重资料的多方参照,描画更为全面丰富的近代中日交流史图景——道理是如此,但可惜我太懒。

此刻,窗前已有明月升起,夜寒侵人。不知怎么,今晚格外想吃薯条和炸鸡,计划早些睡觉,打消这不合理的食欲。

松如

丙申大雪后三日

诱我如痴几上书

嘉庐君：

　　来信说昨日一早吃了汤圆，我在这里自然想不起这故乡节俗。前日去超市，见到架上摆出了南瓜和柚子（日本的柚子，并非我们吃的文旦，而是一种小型柑橘类果实，又叫罗汉橙。酸不可食，本地人喜爱用此做调料，冬至日则拿来泡澡，和吃南瓜一样，据说有强身健体之效），方知昨日是冬至。而气温尚不低，湿度很高。窗下对温度感到困惑的石榴树，竟抽出青绿新枝。特地买了柚子，夜里回来得太晚，也忘记泡澡，草草睡去。时至年末，不论学习又或生活，皆左支右绌，困顿难安，时常大起逃避之心。

　　版框测量法一事，承蒙询问沈津先生，获此确切答复，非常感激。原来早在潘景郑、瞿凤起先生的年代，已默认应从外框开始测量，到沈先生的《哈佛燕京图书馆中文善本书志》也都是测量外框。你说得很有道理，版框作为雕版的整体，外侧不应被排除在外。而长泽从刷印方式来判断框线内外粗细的差别，应该离不开他对和刻本刷印方式的印象。不过记录版框尺寸的习惯似乎成立较晚，翻检各种解题和版本学目录，暂未找到有关"版框内外"问题的明确记录。按说存世宋版书数量有限，应公布高清图像，建立联合图像数据库，方便精确对比。就技术而言，似乎并不难办，但不知为何迟迟不见有人开发这一工程，请原谅我这门外汉不可靠的感叹。信中说到早川兄得书的福分，的确惊人，令我钦羡。

近日人文研汉籍研究班开始读中江丑吉（1889–1942）旧藏图书，精善本虽少，但可翻检当时财力普通的读书人在北京所能入手的寻常之本，也能观察中江学问志趣之所在，收获颇多。丑吉是中江兆民之子，因曹汝霖留日期间，曾借寓中江家，故而后来二人相交甚厚。丑吉青年时代来到中国，曾短暂服务于南满洲铁道公司及袁世凯政府。五四运动时期，丑吉曾以友人身份对曹汝霖出手相救，之后关系益厚，得以免费借居曹家在东观音寺胡同的居所。此后他"万人如海一身藏"，潜居市井，摒弃一切社交，每日苦读英文、德文、法文哲学、思想原典，间读中国古典文献。1922年，他写成《支那古代政治思想史》书稿（战后以《中国古代政治思想史》为题修订出版），在当时深受友人小岛祐马的赞叹。不过丑吉在中国学研究方面没有师承，也不属于任何学术团体，他的著作始终没有受到太多关注。傅佛果有《中江丑吉在中国》一书，对中江文库的藏书有充分利用，但中译本似较不佳。

此番遇到的丑吉旧藏是焦循《雕菰楼集》二十四卷，附《蜜梅华馆集》二卷，凡八册。为道光四年（1824）阮福校刻于岭南节署，有阮福跋语，作于是年暮春之初。此书所用纸张洁白坚密，有别于同板所印他书用纸，装帧亦更讲究，封面为靛青厚棉纸，书页里有若干不曾贴上封面的原签，云"雕菰楼集"。每册卷首均钤"阮亨梅叔"白文方印。阮亨即阮元从弟，为阮元高祖枢良之弟枢中的玄孙，后入继阮元之父承信之兄承义名下为嗣，故与阮元关系等同堂兄弟，相当亲近。而焦循八岁即来往于阮元五世祖枢敬曾孙承勋之门，承勋极赏识其才华，以季女相配，即成为阮元族姊夫。焦循年长阮元一岁，二人少年相识，相交极厚。

研究班结束后，又取文学部图书馆藏同板《雕菰楼集》检视，凡十二册，第一册题签"雕菰楼集"下有红字曰"前函"，下钤"书业兴记图书"，为书店印记。第七册题签"雕菰楼集卷十二至卷十三七"下有红字"后函"，下仍钤"书业兴记图书"。可知原书发卖之际分作上下两函。文学部所藏此集购入年份在1959年，已经重新装订，在原封外添加坚厚纸张。许多进入朝鲜、日本的中国图书都经过重新装订，换成更为厚密的封面，如昔日幕府枫山文库的藏书便是如此。这对想考察原书封面信息的后人来说，不能不说是一种遗憾。文学部此集用纸普通且轻薄，因此全书份量似乎很少。不过文学部本比中江文库本多了阮亨序文一篇：

> 《雕菰楼集》二十四卷，吾师焦理堂先生所著也。先生博学工诗，古文自少即与云台兄齐名。辛酉科始中乡魁。仅一会试场中，拟元久之，榜发被落。年四十外，足不入城，筑雕菰楼以著书自娱，亨时往请业焉。尝忆乾隆乙卯秋，先生来济南学署，亨随侍策骑，游嶭华诸山，兴会淋漓，颇自诩其弧矢四方之志。又尝于嘉庆壬戌冬来杭州节院，亨同放棹西湖，冒雪敲冰，联句于林处士梅花墓下，感慨啸歌，几莫掩其胸怀高逸之风。旧游如昨，梁木已悲，校刻遗编，益深伤悼。道光四年冬十月受业仪征阮亨谨识于珠湖草堂。

阮福跋文作于道光四年（1824）暮春之初，阮亨序文在同年冬十月，中江文库本印成之际，或许阮亨序文尚未完成，故而付阙，据此可推测中江文库本应早于市面通行本。丑吉隐居京中的二十余年间，对中外典籍涉猎极广。1942 年，他因肺结核去世后，这些书籍突破重重封锁，入藏人文研图书馆，则又是另外一段故事，内田智雄早有专文谈及，很精彩。

对焦循印象最深刻的，是他对汲古阁刊本《十三经注疏》的一段批语。最初从《藏园群书经眼录》见到，又见赵万里《芸盦群书经眼录》收录，后来在《傅斯年图书馆善本古籍题跋辑录》见到文字版与图版，《周易兼义》扉页焦循手书题记云：

> 余己亥、庚子（乾隆四十四、五年，1779、1780）间始学经，敬读《钦定诗经汇纂》，知汉、唐经师之说，时时欲购《十三经注疏》竟观之。乾隆辛丑（四十六年，1781），买得此本，珍之不啻珠玉。时肄业安定书院中，宿学舍，夜秉烛阅之。每风雨，窗外枇杷树击门作弹纸声，时有句云"惊人似鬼窗前树，诱我如痴几上书"，于今盖二十年矣。购此书时实无资，书肆索钱五千，仅得二千。谋诸妇，以珠十余粒，质三千。珠价实值数倍，以易赎寡取之，然究未能赎也。为购此书者吴君至，言购之于书客吴叟；叟未几以游湖死于道，思之尚为悼叹。嗟乎！购书艰难若此，子孙不知惜，或借人，甚或散失，真足痛恨。故书以告之。嘉庆庚

申（五年，1800）四月上弦，江都焦循记。

由此可知，乾隆年间，如焦循这样的读书人欲买一部汲古阁刻本《十三经注疏》并非易事。"惊人似鬼窗前树，诱我如痴几上书"，这句天真恳切，我很喜欢，故也抄给你看。这位夫人如此贤明，屡屡变卖首饰供应焦循书资，让我想起钱仪吉的夫人陈尔士。

《修葺通志堂经解后续》（见《雕菰楼集》卷十六）一篇也印象深刻：

> 是书为休园郑氏所藏，旧缺《三礼图》、《学易记》、《读易》、《读易私言》、《易雅筮宗》、《周易辑闻》、《春王正月考》《四书通证》八种，部首无序目，而字画清秀，盖康熙间初印本也。乾隆丙午（五十一年，1786），连岁大饥，余叠遭凶丧，负债日迫于门，有良田数十亩，为乡猾所勒买得，价银仅十数金。时米乏，食山薯者二日，持此银泣不忍去。适书贾以此书至问售，需值三十金，所有银未及半。谋诸妇，妇乃脱金簪易银，得十二金，合为二十七金，问书贾，贾曰可矣。盖歉岁寡购书者，而弃书之家急于得值也。余以田去而获书，

宗邑袁庆子间始学经敬读
唐经师之说时之欲购十三经注疏竟观之乾隆辛丑
贾得此年不喜珠玉时肄业於定山书院中宿学舍
夜秉烛闳之每风雨窗外枇杷树拂门作弹纸
声时有闽中鬻人似鬼窥前树诱我以废几
上书於今善二十年矣购此书时实无贾书肆
索钱五千仅得二千课诸甥以珠十馀轻贸三
千珠偿实敷倍以为赎贾取之经究未能赎也
婿此书此吴君至言购之於客吴史二未我以逆
洲觅於道思之为悼怅嗟乎婿一书艰难若此
子孙不知惜或借人甚或散失真足痛恨故书
以告之　嘉庆庚申四月上弦江都焦循记

《傅斯年图书馆善本古籍题跋辑录》所收汲古阁刊本《十三经注疏》（编号：A023）《周易兼义》扉页焦循手书题记

虽受欺于猾，而尚有以对祖父，且喜妇贤，能成余之志。是夕餐麦屑粥，相对殊自怿也。明年丁未（1787），得《春王正月考》于高君学山，又于叶叟处购得《学易记》《读易私言》二种。戊申（1788）七月于金陵市口得《三礼图》。己酉（1789）得《易雅筮宗》。壬子（1792）又购《三礼图》初印本于黄客。甲寅（1794）于周客之濂溪书屋购得《周易辑闻》、《四书通证》。越二日，大火，濂溪书屋焚无寸木，而二书幸存，如鬼神护之者，亦奇矣！于是假是书之序目核之，已无所缺。命门人李元善录序文，得八叶，加于首。乾隆乙卯（1795）、嘉庆丙寅（1806），余客于外，是书乃为鼠啮数帙，检之，气郁不能释。今年家居，无宾客之扰，稍为补葺。自四月至五月，越四十日葺成，次序为目录一卷，不必如原次，然亦无他意也。嘉庆三年五月十九日。

为凑齐一部《通志堂经解》，焦循竟花去卖田钱款与夫人变卖金簪之所得，并耗费九年时光。购书之不易，由此充分可见。内藤湖南曾说中国藏书家往往不计后果地买书，根本不问贫窭，也不管身后事，只管眼前得到心爱的书，与日本藏书家有闲钱而买书、也不问校勘的情况完全不同（内藤湖南《藏书家之话》）。

他本人就向往这种不计后果的藏书之法，当然他的藏书质量很高，归宿也算完满。

《雕菰楼集》卷四有一首《内人三十》：

> 鸿莱风味可追寻，聊向秋花酒共斟。
>
> 七八年来忘我困，三千卷里托君心。〔内人卖钗珥买书百余种〕
>
> 绿葵紫苋劳烹饪，布袜棉裘费剪纫。
>
> 为笑良人多贱骨，不妨姑效白头吟。

婚后不足十年，就屡屡变卖首饰，为丈夫筹措书款，不知焦循夫人是否也爱读书，花自己的钱买给丈夫的这些书，可也有机会读一读？这些佳话都是男性写成，从前不怎么留意，也跟着赞赏夫人的贤惠。然而终究是男子花费了妻子的嫁妆首饰钱，是奉献还是掠夺，恐怕不能光信男性视角的"佳话"。

焦循手批汲古阁刊本《十三经注疏》第十五册《毛诗注疏》卷第五之首，还有一段不错：

> 榜发若得解，自此碌碌。明春北上，何暇读书？
>
> 以此一载工夫，当增学问几何？当得失荣辱之际，恒

作此想，则得不致于荡废，失不致于愤懑。

苦心应试者，不论古今，对这一段应该都有感慨。焦循写下此句的时候，内心的波澜与煎熬必然也不少，因此需要自警自诫。他科场不顺，但抽身较早，潜心治学，不见愤懑之态，这倒的确值得敬佩。

　　明日要为同窗婚礼之事往上海作数日勾留，可惜岁末时间紧张，此番来不及回京，也无暇归乡。听从周说京中连日雾霾极重，令人忧心。幸而今日有风，但恐风停后雾霾卷土重来。纷繁诸事，请多保重。匆此，即颂

冬祺

松如

丙申冬至后一日

丁酉年

丁　酉　　年
二〇一七年

纸之话

嘉庐君：

　　大分、东京归来，乐不思蜀。快乐的时候总懒得写东西，因此回信又拖延了好久。数年前在信中，曾提过内藤湖南与云肌麻纸职人岩野平三郎的交往（《京都如晤》癸巳年《买纸记》）。半月前，恰好买到 1976 年文华堂书店出版、高桥正隆著《从绘绢到画纸——岩野平三郎传》（繪絹から畫紙へ），两大册，一册是文集，一册是各种纸样，十分漂亮。

　　初代岩野平三郎是福井越前市人，生于 1878 年。越前地区自古是著名的和纸产地。紫式部的母亲很早去世，她曾随担任越前守的父亲到任地生活，大约度过了一两年的时光。虽然没有传世实物证明紫式部与越前和纸的直接联系，但紫式部曾到越前生活这一点，总是令越前人感到骄傲。因此在电影《源氏物语》里，就曾有表现她用越前和纸写作的画面。

　　岩野家世代都是造纸职人，在越前拥有几座专门种植楮木的山。山中也种桑树,用于饲养夏蚕。一家收入依靠夏天的蚕丝,秋天的楮木造纸。初代平三郎在随笔中写道:"我家的山,在水谷有两座,在流谷有一座,都是父母买下。买下水谷时,跟随父亲到山里种桃花。大约是我七岁时的事。""买山的时候,有一面山上开满栗树花。从前都是别人家的山,进山会被人责骂,从今而始就是自家的山了。""在山上开垦出田野,种了荞麦,收获了二俵半(150kg),记得远在新在家(地名,位于神户市)的祖母流下了眼泪。这位祖母是岩野家的女儿,相当于父亲的姑母。昔年家道中落,吃过很多苦。看到家道复兴,不知多么喜悦。还买了很大的山,种出了荞麦,那喜悦真是难以描述。"

初代平三郎生在风云激荡的明治年间,不少传统工艺在变革中都迅速凋零,而岩野家锐意创新,赶上明治、大正年间的日本画革命,专门供应用于日本画的高级纸张,得以跻身新时代的产业竞争。而高效率的机械造纸及大正年间的经济大萧条,使传统造纸业再遭重创。岩野家的和纸因为受到竹内栖凤、横山大观等著名日本画画家的认可,得以惨淡经营,勉力支撑。1925年,日本史学者牧野信之助将初代平三郎介绍给内藤湖南,"湖南博士收藏有许多和汉古纸,希望你可以制出适于书法的佳纸"。这一年八月,内藤从京大退休,大概也更有闲情投入这些趣味。后来，内藤建议平三郎复原麻纸，几经实验，终于诞生了著名的云肌麻纸。

1960 年制纸博物馆发行的《纸漉平三郎手记》中，初代平三郎对麻纸复原一节有过很详细的回忆："第一次见到湖南博士，是在牧野先生的陪同之下。博士不仅深爱书籍，还收藏了大量佳纸。初次见面时就给我展示了清朝灭亡前后他在彼处收集的贵重纸张。""也收藏了大量的日本旧纸，并按产地作了区分。连明治以前越前产的五色奉书、打云纸、墨流纸都有，我很惊讶。那时候他还住在京都的田中町，后来就搬到了大和的瓶原。第三次见面时，博士谈到了麻纸。他说，天平之际有很精巧的麻纸，到镰仓时代也还有，但那之后就完全不行了。说话间，又对我道，岩野君，你要不要做做麻纸看？我把天平时代麻纸的纸片送给你。我觉得这很有意思，就爽快地答应说，那一定要试试。回到家，就在我快忘记麻纸一节时，收到了黑板胜美博士寄来的天平时代的麻纸纸片。很仔细地研究了纸样，就开始着手做。不料虽然努力很多，但做出来的都很糟糕。而当时画纸的订单非常忙，这件事又给忘了。那之后，因为什么事情又拜访了博士。博士说，岩野君好像也不提麻纸了啊。说好要做，两三年过去了，还没做出来呢。我在回去的汽车内想了很多。之前一直想的是跟以前不一样的制法，如果只要麻就

初代岩野平三郎

二代岩野平三郎

可以的话，那么马上改变方针。回家后，立刻收集了一批麻，在石盘上打成纤维。纤维制成，连夜抄成小幅麻纸。干燥后，次日早晨寄给内藤、黑板博士，栖凤、大观、溪仙三位画家，以及牧野先生。内藤博士来信说，没想到这么快，非常意外。画家们也来信鼓励，这是非常有前途的纸，一定要试试做成画纸。于是就下定决心、毫不迟疑地开始了麻纸制作。这个时候，我也知道，除了自古以来将纤维截断的制法之外，别无他法。""这批纸样大受好评，被称赞为划时代的复原。因为麻纸不仅着墨鲜明，吃墨也自然，有其他纸张无可比拟的优点。"

《岩野平三郎传》卷首收录的内藤书法，就是当时用这批麻纸纸样试笔后，回赠给岩野家的作品。所钤"湖南"印用绿色印泥，是因此书作于大正天皇去世之后不久。1927 年夏，内藤归隐瓶原村，筑居恭仁山庄，开始频繁请岩野制作诗笺，他们之间的通信，从前在信里也给你译过。

所列标本纸共有五十种，各自贴在纸板上。并补遗纸样若干，单独盛在小纸袋内，固定于纸板，均有详细说明。如"鸟之子"，是雁皮纸，与麻纸、谷纸同为奈良时代的写经用纸，又呼作斐纸，是自古以来地位很高的用纸。如"天平纸"，是昭和年间奈良药师寺重建金堂之际复原的写经纸。绀纸、紫纸、朱

《从绘绢到画纸》内所附纸样（部分）

纸，颜色无不美丽，是江户时代书籍封面常用的纸张。如"檀纸"，是古代常用的文书纸，质地坚密，利于保存。如"栖凤纸"，是竹内栖凤的绘画专用纸。麻纸有生麻纸、白麻纸、放庵麻纸、云肌麻纸，还有朱、紫、黄、蓝、绿五色麻纸，专用于写经。想到奈良国立博物馆所藏平安时代色纸《法华经》，有淡青、白、淡绿、黄、淡紫、淡茶诸色。打云纸、飞云纸、堇纸、水玉纸、七夕纸等等，均有典雅的纹样，适于作和歌或写信。

前年，第三代岩野平三郎去世，如今第四代岩野平三郎是三代平三郎的独女。技艺可以传承，令人欣慰。周作人曾感叹中国虽是造纸的祖师国，但好纸太少。国内最一流的纸张自然是极好的，但普通人平常似乎不容易接触到。可羡此处寻常纸店，或商场的文具柜台，都能买到可爱的纸。回想起来，当年和纸的复兴，的确离不开民族主义的高扬和对"传统文化"的渴求。如今我们自然不缺这种动力，不知是否会催生出审美一流、品质稳定、普通人也可以消费的纸张来。

松如

杏月廿七

读十砚山房傅增湘旧藏

嘉庐君：

见信好。三月将尽，匆匆与你写信。今日午后去看了文图十砚山房旧藏傅增湘旧藏宋刊《古史》六十卷。此书见《藏园群书经眼录》著录，亦见于《文求堂善本书目》，即 1930 年田中庆太郎所购。今作乾坤两帙，凡廿四册，棉纸镶衬，间有补抄叶，函套签条为田中所题，曰"古史宋刊明修本"，钤"庆"（朱文）、"子祥"（朱文），皆为田中私印。内有傅氏藏印多枚，"双鉴楼收藏宋本"（朱文）、"傅增湘印"（白文）、"藏园"（朱文）、"藏园居士"（朱文）、"沅叔审定"（朱文）、"沅叔"（朱文）、"长春室主"（朱文）、"龙龛精舍"（朱文）、"双鉴楼主人"（白文）、"莱娱室"（朱文）、"傅沅叔藏书记"（朱文）、"沅叔藏宋本"（朱文）、"傅增湘读书"（朱文）等多枚（若一一摹给你才有趣，抱歉），足见曾经深受傅氏重视。不知镶衬、补抄系何氏所为，此书并非田中求售之"商品"，当为其"藏品"。今日图书馆之归宿，倒也合适。

　　昨日拜访宇佐美老师，他藏有一部光绪间师伏堂刻本《尚书大传疏证》，内有朱墨校记，云"此卷据宋缉熙殿写本《洪范政鉴》所引校改，丁卯（1927）二月二日，藏园居士识"等语，疑为转录傅增湘识语者。宋缉熙殿写本《洪范政鉴》，即傅氏"双鉴"之一鉴，书目文献、北图二社早有影印出版，可见傅氏戊辰（1928）、戊寅（1938）之跋语。壬子（1912）夏，盛伯羲藏书散出，此本为完颜景朴孙（景贤）所得，傅欲求录副本而不可得。景氏殁后，此书迟迟未出，傅尝"以重金质余书库者数月，只完录副之愿"，终未许购买。直至戊辰（1928）年初春，文德堂韩逢源"忽来商略，悬值绝高"，傅遂"斥去日本朝鲜古刻书二箧，得钜金而议，竟成舍鱼而取熊掌"，不知此批"鱼"之目录为何？

　　前日友人零陵告知东大文学部善本室藏有一部朝鲜铜活字本《韦苏州集》，为乙丑（1925）年八月徐森玉赴东京参加东亚佛教大会之际，归途自韩国购回，即赠与傅增湘，上有今西龙之印。此前我们推测此书应先为今西所得（其人曾于庆尚道考古，又曾兼职京城帝国大学，1932 年去世），后为徐森玉所得，看来也不能完全排除此书 1928 年被当作"鱼"而牺牲、后为今西所得之可能。一笑。而宇佐美老师藏本所据原本今在何处？也请你一并留意。观此转写之笔迹，多有日文汉字书写之习惯，

嘉廬君

見信好，三月将盡句。與你寫信。今日午後去看了文圖十硯山

房舊藏傅增湘舊藏宋刊『古史』六十卷。此書見『經眼錄』著錄，

亦見於『文求堂善本書目』即1930年田中所購。今作乾坤兩帙，凡廿四冊。

棉紙鑲衬，間有補鈔葉。函套籖條為田中所題曰「古史 宋刊明修本」

鈐「慶」〔朱文〕「子祥」〔朱文〕「祥」〔朱文〕皆為田中私印。內有傅氏藏印多枚，「雙鑑

樓收藏宋本」〔朱文〕、「傅增湘印」〔白〕、「藏園」〔朱〕、「藏園居士」〔朱〕、「沅叔審定」〔朱〕、「長春

室主」〔朱〕、「龍龕精舍」〔白〕、「雙鑑樓主人」〔朱〕、「沅叔藏書記」〔朱〕、「沅叔藏宋本」〔朱〕、

「傅增湘讀書等多枚〔朱〕（若之拳給你才有趣。把歌）足見曾經深受傅氏重視。

如"経"、"蔵"等类，或为日本学者笔迹？我有疑心是否为仓石武四郎旧藏，因其留学北京期间，与傅增湘有往来，也曾于1930年3月19日"在直隶书局买皮鹿门《尚书大传疏证》（三元）"（《述学斋日记》，中华本叶九九），并对皮氏之著述极为关心。不过这只是纯粹的猜测，可对比东文研公开的仓石笔记之字迹，或有所得。无论如何，都感谢你敦促我为《掌故》撰文，才会学习到这些有意思的细节。

夜已深，羡慕你今日自扬州买琴而归。来月中旬，我亦拟作扬州之行，彼时会短暂回乡，不知能见面否？迁至吉田山中，已逾整岁。去年今日，窗前山中李花、早樱已渐次开放。目下清寒袭人，山中尚一片静寂，可怜我水培大半年、已亭亭抽出新枝新叶的牛油果核，前日被我过早定植，今已冻伤，急忙移入室中，不知可还有救。呜呼，从果核到树苗，培育不易，感情匪浅。此刻窗外已有人声，且先睡去。顺颂
春安

松如

桃月朔日

读书漫游

嘉庐君：

　　见信好。方才从城里回来，公交车迟迟不至，索性步行。走过一向喜爱的寺町通，在鸠居堂买了纸、衣香袋、雀头笔（当初傅增湘也在此买过）。途中玉兰、垂樱开了，柿本纸司窗内插满连翘与杜鹃，店里人很多。去夏重新装修，将屋中一壁墙打通，更为宽阔。可爱的笺纸也更多了，譬如蔷薇、水仙、堇花，似比从前的更富装饰性。一问果然是新制花纹。挑了一种菜花纹样，我很喜欢这些朴素的题材，原想添些木板印的红蓝格纸，从前的已用完了。而店里相熟的姑娘说，那稿纸印得慢而少，已缺货有一阵。"不过你暂时还在这里，应该还能遇到的。"姑娘安慰。看店里生意极好，也很高兴。

　　在一保堂买了一袋玉露，没有遇见店里的旧友，说是本月调到高岛屋的柜台去了。久不进城，变化不少。路过天台宗行愿寺，看那破风庄严妙丽，进去瞻拜。又见殿前满水的莲花缸

行愿寺风景

黄昏，行愿寺的猫咪

京都有很多猫，跟传说中不太好接触的京都人打交道，可以先从讨论猫入手

外有一只三花大猫，正探身饮水。鸟语呖呖，不免看呆。边上还有四只猫咪，个个从容闲适，缓步中庭。洗手池旁有两位喂食的阿姨，笑着指给我看："这是な␣なちゃん，这是たまちゃん，那是のんちゃん……"（按，三个名字都是对猫的昵称，或可译成奈奈、阿玉、阿侬）又对三花的なな（奈奈）说："看这里呀，要拍照片哦，要拍得美美的，来来，给个好看的表情，真好，真乖呀！"昨日恰好看了岩合光昭纪录片《京都之猫》的预告并访谈，他说自己是东京人，来京都拍猫前，还有人提醒说，京都人很难相处，他之后发现，只要谈到猫，大家都非常温柔。那片子内也有寺院的猫咪在盛了雨水的竹根内饮水，实在让人喜欢。隔壁下御灵神社两株重瓣红梅尚未凋尽，晚风寒香细细，这风景久未见了，又燃起我所谓的"京都之心"，满是喜悦。

昨日收到编辑发来的《有鹿来》台版封面，倒很不错。作品一旦公开，便脱离自己的管束，不必多加解释，且让其独自历险去罢。

偷闲又去看了十砚山房旧藏，有一部嘉靖刊《蔡中郎集》，此本与东文研汉籍资料库公开资料应属同版。有趣的是内有纸笺云"莫有芝手校"，序首叶钤有"子／龙"（朱）、"莫绳／孙印"（白）、"莫友芝／图书记"（朱），目录叶除钤有上述绳孙、莫

行愿寺的猫咪，一直在门外叫着。僧人终于打开门，猫咪一闪身便进去了。过一会儿，僧人出来扫地，猫咪也跟在后面，匆匆下了台阶，看起来非常严肃，不容打扰

友芝二印外，还有一枚"莫彝／孙印"（白），知是莫氏父子所藏。目录第三卷下墨书云，"前卷《邓后谥议》后卷中尚有《被收时表》、《上汉书十志疏》、《表太尉董公可相国》三篇，此目遗之"。《荐边文礼》下墨书"张本题作《与何进荐边让书》"。四卷《琴赋》下题"张本无此篇"。《弹琴赋》下云"张本此篇题曰《琴赋》，首多七十二字"。五卷《司空杨公碑》下云"张本司空作太尉"等等，知是以张溥《百三家集》校者。书中尚有蓝格十二行稿纸，为田中庆太郎笔迹，钞录四库提要《蔡中郎集》条，在十砚山房藏书的一部明初刊《伊川击壤集》中也夹有田中钞写的笔记，可以见到他用功之勤。

四月是新学期，也是毕业、退休的时节。而我的朋友们几乎都已毕业，心中也不再有什么波澜。方才研究室有一册杉山正明老师的藏书，首叶钤印，不知主人为谁。请赵鹏先生认字，为"蠹残书屋"，是东大东洋史植村清二先生的旧藏。杉山老师与其同为中亚史研究者，或许是得到的赠书。

近来研究室众人为整理退休老先生的藏书颇费体力，有的直接卖给旧书店，有的径请搬家公司当废品处理，能有书楼收纳昔日研究室图书的，实在是少见的福气。前日遇到某先生，也提及书无处放的苦恼。他说，还是要买，以后的事，以后再说。并鼓励我买《孝经善本集影》。简而言之："买！"掷地有声。

今晚台湾鹿老师要来我家小住，此刻要回去收拾屋子了。

匆匆不尽，顺颂

文安

松如

二〇一七、三、廿九

朝鲜藏书印

嘉庐君：

见信好。用了新买的菜花笺，似乎的确还是太华丽了。午后又去看十砚山房藏书，遇到一枚"洪淳馨字汝闻之章"，检索方知其人为朝鲜末期文臣，本贯南阳，字汝闻，生年1858，卒年不详。洪在龙之孙，洪奭种之子，1874年增广别试文科及第，历任承政院同副承旨、骊州牧使、开城府留守等，存命至庚戌之后。另有"唐城后人"、"妙寂山房"二枚，亦为其并用之印。检目录与网店信息，知此三枚印时常一道使用，先后顺序也一致。近来略略看过几枚朝鲜藏书印，认为颇有特点，恰好同学李君介绍韩国学者政珉著《书蠹与笔记狂》与我，称当中有论及朝鲜文人用印特点，可惜我全不识韩文，请渠口头翻译数段，知朝鲜十八世纪文人俞晚柱（1755–1788）在日记《钦英》中有过一段有趣的评论：

> 石记识书之法，东邦与中国公私雅俗绝殊，盖中

「石記識書之法，東邦與中國公私雅俗絕殊。蓋中國人鬻書，本主流通，故其識石記，欲使後之有此書者知傳自誰氏某而已。如官簿惟恐為他人之有，豈非私而俗乎。私焉，故有或仟書必去石記，慨乎如有失。公焉，故有或贈書而仍開石記，浩然若无与慨。浩之間雅俗判矣。」

鄭珉書中列舉諸多實例，在中日似乎的確不常見，而在韓國藏書印散據庫內的見到不少。俞晚柱批判的用例，譬如「完山李勉人韋叔之章」「驪興閔應洙聲甫章」「潘南人朴泰晦用章印」等，包括前目未解的星奕李才未夭述印，也屬此類。近來見到的中國藏書印，大概只有劉承幹序貞一號翰怡是這種風格。當然數據庫里也有不少可愛的朝鮮印，譬如「尋山望水」的畫印，「睡漢」「睡心」之類。

今夜新月如鉤，清寒依舊，撿去歲日記，知櫻花斜晚開一周矣。雜事固然可惱，亦肅勉力做事。匆匆。敬頌

時祺

松如

丁酉上巳

国人储书本主流通，故其识石记，欲使后之有此书者，知传自谁某而谁某评阅，比如书画之观题，岂不公而雅乎？东人储书，则本主家藏，故必识乡贯姓名字号，四三石记，累累如官簿，惟恐为他人之有，岂非私而俗乎？私焉，故有或斥书必去石记，怅乎如有失。公焉，故有或赠书而仍留石记，浩然若无与。怅浩之间，雅俗判矣。（辛丑〔1781〕年二月十九日）

郑珉书中列举诸多实例，在中日似乎的确不常见，而在韩国藏书印数据库内，又见到不少俞晚柱批判的用例。譬如"完山李／勉人彝／叔之章"、"骊兴人／闵应洙／声甫章"、"潘南人／朴泰晦／用章印"等等。包括前日未解的"星州李光未天述印"，也属此类。近来见到的中国藏书印，大概只有"刘承幹／字贞一／号翰怡"是这种风格。当然数据库里也有不少可爱的朝鲜印鉴，如"寻山望水"的画印，"睡汉"、"睡心"之类。

今夜新月如钩，清寒依旧，检去岁日记，知樱花约晚开一周矣。杂事固然可恼，亦当勉力做事，匆匆，敬颂

时祺

松如

丁酉上巳

（又及，署日期时发现，今日是花朝节，可爱的日子。方才同学为退休老先生整理藏书回来，云到场的旧书店主人对老先生藏书甚满意，给了意想不到的好价格。

回京机票已买，赴扬州之车票也订下，北京至南通、扬州竟无高铁。

前路漫长，各自珍重。）

春季书市

嘉庐君：

　　见信好。

　　前月博物苑一别，匆匆已是五月。光阴如流，许多怀念，苑内牡丹、藤花的香气似乎仍萦绕在跟前，而今芍药应该也都开了吧？

　　近来忙乱依旧，却未见做什么正经事。昨日起，平安神宫附近的劝业馆循例开启了春季书市，接连两天都过去。今年恰逢京都古书研究会四十周年，因而设计了很漂亮的海报，熟识的店主们都精神奕奕，出品书籍较往年似更为丰富，场面振奋人心。

　　第一日有过节的心情，便穿了前些年在东京买的翠色和服。你一向知道，从前读大学时，我对传统服饰很感兴趣。刚来这里的头几年，买了一些素净的和服，也学会了自己穿着。但毕竟可穿的场合太少，大部分时候都不妥当。那件翠色和服，买回来之后一直束之高阁。

一进门，见到井上书店、津田书屋的主人在门口发放夏季纳京书市的海报与本次书市的目录，行李寄存处忙碌的是中井书房的爷爷。中井爷爷用一贯慈爱的口吻道："哎呀哎呀，哪里来的小姐？"又问是否结了婚——每次见面，他都关心这个问题。好在他为人温厚，这样的问题倒不让人反感。我答前月回故乡，如今是已婚身份。大概因为此前我的答案总是"还没有"，他有点吃惊，过一会儿又笑问，对方还是那个青年么？以前曾带从周去他店里玩过，当时他吩咐从周："我们都很照顾她，你可以放心。"我笑说，还是那个青年。他笑道："新婚燕尔，就出来买书了！"我答说，什么事都不如买书重要。大家因也一团和乐。

场内人流密集，结账的柜台比往年人手更多，请了不少年轻人来帮忙。过去的"京都本专柜"，今年增为"京都·滋贺本专柜"。近江地区的历史风物很值得研究，从前翻译井上靖的小说时，略微读过一些有关近江的史料，因此颇觉亲切。白洲正子对近江也情有独钟，她曾流连于滋贺一带的古寺，作过随笔《近江山河抄》，笔致温润典雅，称近江是隐秘的原乡。

紫阳书院的镰仓先生，一见面依然会往我包里塞许多零食，看得其他人都笑起来。他这次出品的和刻本质量稍稍优于去年

京都・滋贺本专柜

紫阳书院的和刻本区域

对古董、书画亦有涉猎的汇文堂

努力经营的汇文堂

夏、秋两场，因为在室内，不怕风吹日晒，也舍得拿好一些的书出来。此番在他家买了三种书：浪华书林冈田群玉堂出版、河内屋茂兵卫藏版、天保甲午（1834）春新刻、村濑海辅编《朱竹垞文粹》，钤"古海"、"枫香"二印。

程荣校、平野金华训点、享保二十年（1735）江户锦山堂刊刻的刘向《新序》，钤"渡边秀／方收藏／图书记"（朱）、"两日屋／图书"(朱)、"秾翠／亭／家藏"(朱)、"秾翠／亭／珍藏"(朱)四印。

渡边秀方是近代日本的中国哲学家，号岐山，1883年生于京都府西北部的绫部郡物部町，1906年毕业于早稻田大学高等师范部国语汉学科专业。其后返回乡里，埋头读书，在京都大学念过一段时间专科。因为家业丰厚，所以过了十余年不事生产、闭户研究的悠然生活。那之后撰成《支那哲学史概论》原稿，寄给早稻田大学出版社，深受编辑赏识，不久便出版了。据说当时的早大总长高田早苗也读了此书，点名要渡边来早大任职。渡边就离开故乡，到早稻田大学讲授中国哲学，很受学生爱戴。他对中国传统思想深感兴趣，并为当时日本政府、国民对中国缺乏充分的理解而感到忧虑。他还著有《支那国民性论》（大阪屋号书店，1922年），编有《经史选》（前野书店，1931年）、《诸子选》（前野书店，1931年）等教科书，1922年翻译过梁启超

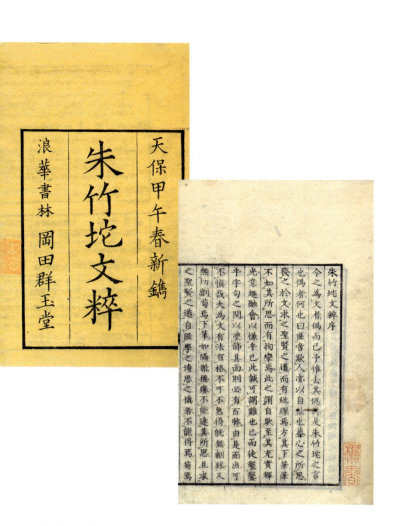

浪华书林冈田群玉堂山版、河内屋茂兵卫卫藏版、天保甲午（1834）春新刻、村濑海辅编《朱竹垞文粹》，钤"古海"、"枫香"二印

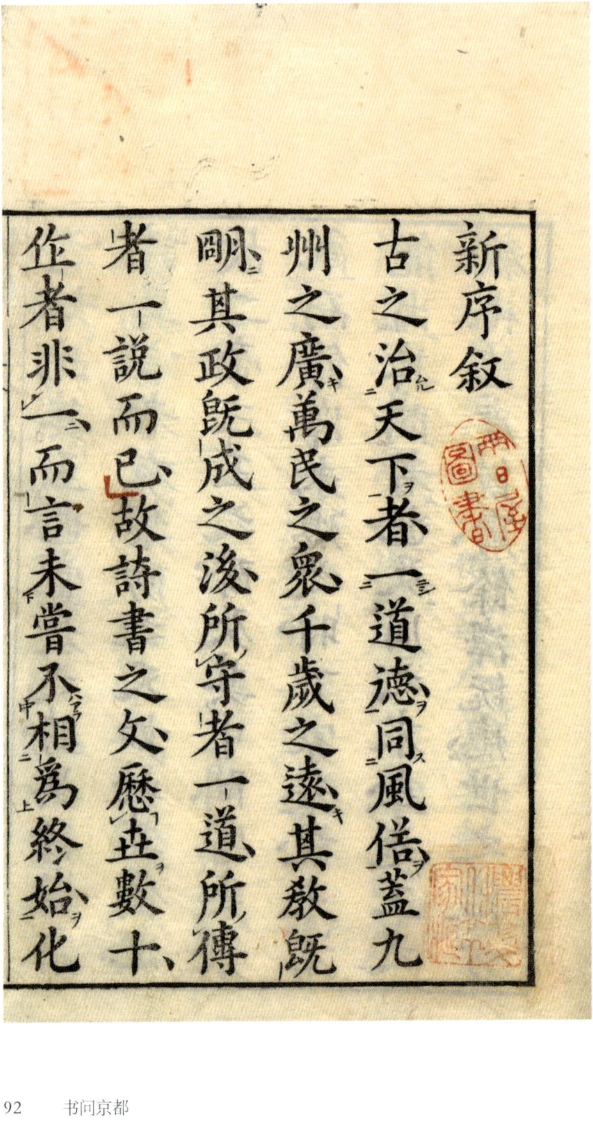

新序叙
古之治天下者一道德同風俗蓋九
州之廣萬民之衆千歲之遠其敎既
明其政既成之後所守者一道所傳
者一說而已故詩書之文歷世數十
作者非一而言未嘗不相爲終始化

享保刊本《新序》卷首所钤「秾翠／亭／家藏」、「两日屋／图书」二印

入此三殆也酒漿流湎以夜續朝女樂俳優從橫大

笑外不脩諸侯之禮內不秉國家之治此四殆也故

曰殆哉殆哉於是宣王揜然無聲意入黃泉忽然而

昂喟然而嘆曰痛乎無鹽君之言吾今乃一聞寡人

之殆寡人之殆幾不全於是立停漸臺罷女樂退諂

諛去彫琢選兵實府庫四關公門招進直言延及

側陋擇吉日立太子進慈母顯隱女拜無鹽君為王

后而國大安者醜女之力也

新序卷第二終

享保刊本《新序》封面内所钤「渡边秀／方收藏／图书记」

的《清代学术概论》，1940年夏天归乡度假时突然病逝。也许是他是在战时离世的缘故，又或者早年在乡里居住太久，没有与学术圈保持密切往来，关于他的资料只有寥寥数则。两日屋与秾翠亭为何人之名号，检索未得，但在藏书印数据库中看到二者并用的其他数例，或是同一人用印。

还有一种天保十二年（1841）序、天保十四年（1843）翻刻的《经传释词》，双柳舍藏版。训点者东条方庵，其女道子是山井鼎后人清溪的第三任妻子，刻工为泷泽蓑吉，跋文为双柳舍森川政名所撰。"夫古今儒士之于经传，字字句句，人皆知其为龙泉，极力磨砺之。至于助语，则弃置之。若折钩喙，谁复信其可以为九鼎乎哉。引之乃兼采骈收，诠释别裁，阐邃析微，炳如观火。譬如奇兵之将，驱策熊羆貔犳貙虎，众人不得驯扰者，出翠被豹舄，组练百万之后掩其不备，可谓奇观矣。若夫昏迷蚩尤雾中者，则是书其为指南之车矣"云云。都不是什么值得一提的书，想着以后这些大概可以当作解释和刻本的教学用具，因而才买下。

又在"あがたの森書房"发现关义城编著的两种和纸主题书，《古今纸漉纸屋图绘》与《江户东京纸漉史考》。关义城曾供职于三菱制纸公司，晚年就任制纸博物馆名誉顾问。其人有日本三大和纸收藏家之称，编过不少和纸资料集。之前一直想买，

清代學術概論

梁啓超 著

渡邊秀方 譯

渡边秀方译《清代学术概论》，读画书院，1922年

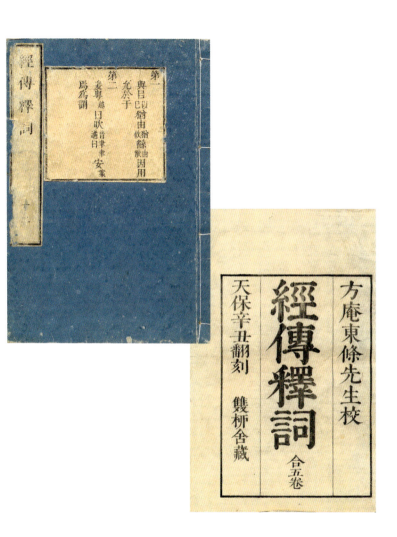

天保十四年（1843）翻刻、双柳舍藏版《经传释词》封面

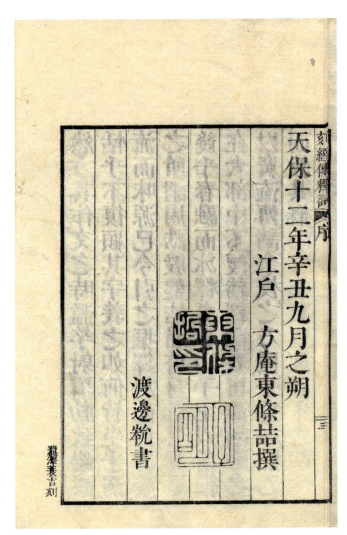

天保十四年（1843）翻刻、双柳舍藏版《经传释词》所记刻工名

关义城著《江户东京纸漉史考》（富山房，1943年）封面

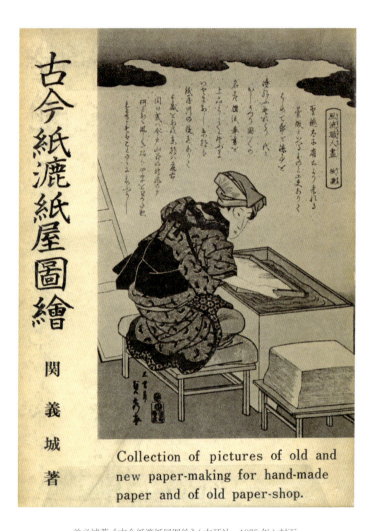

古今紙漉紙屋圖繪

関義城著

Collection of pictures of old and new paper-making for hand-made paper and of old paper-shop.

关义城著《古今纸漉纸屋图绘》（木耳社，1975 年）封面

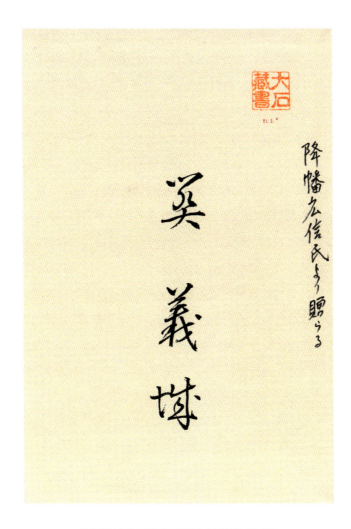

关义城著《古今纸漉纸屋图绘》扉页识语及藏书印

没想到在书市迎面遇见，很愉快。近年买书总是以网购为多，对实体店或书市没有抱什么希望，因此这里的收获都是意外之喜。扉页有一枚普通的藏书印："大石／藏书。"并识语云："降幡广信所赠。"降幡是日本著名建筑家，致力于复兴传统民间建筑，如今已近百岁高龄。

逛旧书市，比起买书，更是为了问候各家主人，与他们聊一会儿天。镰仓夫人的制本技术益高，这两天都佩戴了自己制作的豆本胸针，很别致。汇文堂这些年过得不太容易，老夫人沉疴在榻，好在年轻的主人勉力维持，经营图书的同时，对古董、书画行业亦有所涉猎。其实不少书店都在经历换代的挑战，一晃数年过去，看到从前尚且青涩的福田屋新主人（五年前急逝的小林爷爷的长子），现在也从容自如，风范沉着，说加入了古典研究会，正努力学习古文书、书志学等专业知识，"我母亲也一切都好，很健康，你常来店里玩就更好啦"。旁边中井爷爷笑得好温柔："你看，小林君也长大了吧！"

逛完书市，在金色软风与河畔开满的杜鹃花影里，散步至附近的山崎书店。远远看见屋顶上漂亮的红色"本"字，店门口挂着清爽的暖帘，进门处摆开精心挑选的版画。他见我来，很高兴，引我看架上图书、版画、名家手稿。空间似乎比从前更开阔，光线也明亮。"我把中间一排书架都拆了！"他很得意，

山崎书店醒目可爱的"本"字

山崎书店门前清爽的暖帘

山崎书店刊出的书目小册

山崎先生的工作台

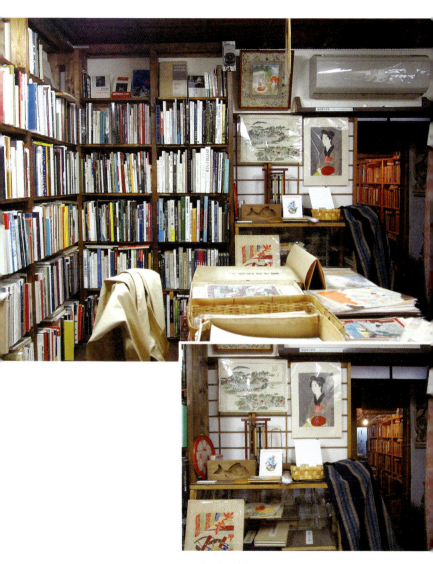

山崎书店店内风景 丁酉年_春季书市 105

又翻出《京都古书店风景》里用过的图，"你看，那时候还有这排书架呢！我嫌碍事，放不下的书都搬到洛北那边的仓库去啦。"店内气氛一如既往，安宁而闲适。我们坐下聊天，谈彼此近况。客人一直不断，看生意这样好，我也很开心。

"我呀，比你书里写的那会儿更任性了。"他笑，"更不愿意社交，专注自己喜欢的东西。我的儿子已经大学毕业，他对书店一点兴趣都没有，现在正在努力就职。不过你放心，我活着的这几十年，这个书店还是会一直在的。"

他领我上二楼，看他做的一个小巧的版画展，说前一阵请了芬兰的一些版画制作师来这里展览，自己过一阵也要去芬兰参展，介绍自己收藏与制作的各种版画。二楼天台也有所改装，四面挂着竹帘，隐约望见帘外绵延的东山。夕阳透过玻璃天棚洒下来，桌上有一盆土培蔬菜。"这是我的食物。"他介绍。"我记得，您喜爱植物。"我说。他笑起来。

问起从前在店里打工的青年中岛君，他很骄傲，说中岛在店里做了十一年学徒，下周就要去城中闹市区开一家书店，名为"マチマチ书店"（意即街中书店，而"マチ"又与"等待"谐音，类似的语言游戏，日文中很常见）。"他跟我一样，就爱书，就爱书店，现在终于独立啦。你问得正好，下周有空，可以去看看。"听到这里，真为中岛高兴，也为培养他的山崎书店高兴。

山崎书店二楼，桌上是山崎先生爱吃的蔬菜

与山崎先生谈话很愉快，多闻隽语。买了一册富冈铁斋旧藏拍卖会目录，他眼睛一亮，笑道："你长大了，比以前会买了！"临别时他道："我很喜欢不断寻找更合适的状态，不论是书店的布置，还是自己的生活。我喜欢变化，变化会探索到更好的世界。你要好好学习！还这么年轻。"

回家路上，顺道在井上花坛买了一束芍药，养在玻璃罐的清水里，在窗前静静听了山中树海涌动的浪潮，我喜欢这安闲的时刻。明日若有余暇，还想去书市看看。先写到这里，祝你一切都好。

松如

5月3日凌晨

"别的慰解"

嘉庐君：

久病不知光阴流逝之速，近日逐渐恢复体力，日间在研究室待的时间也慢慢和从前一样多起来，总算可以给你写信。绣球、栀子已陆续开了几周，紫玉簪、木槿也开了。真如堂的种莲师傅省吾先生隔三差五发来短信，告诉我莲花生长的信息。今天收到一张悲伤的图："已经长得这么高的花苞，大概因为前夜风雨的缘故，突然枯萎了。当然，也有可能是这个家伙干的——"随后又发来莲叶上一只鼓着腮帮的青蛙。

我那两盆碗莲，叶子长得很好，但还没有见到花苞，也许是山里光照不够的缘故。应怀着平常心，能看看叶子就很满足。此前盆内浮满孑孓，在附近观赏鱼店买了几尾青鳉，一两日间就把孑孓吃个精光，胃口很不小。但我不敢擅自喂多食物（从前养鱼的经验，不小心喂多就会牺牲，若放任不管，反而活得很久），如今个个瘦得厉害。却有一条格外肥大，身量几乎是其他鱼的双倍，很令人怀疑是不是吃掉了同伴的缘故。屋里若打到蚊子，总是小心翼翼捏着蚊足，投到水中，顷刻被鱼吞掉。盆栽秋葵已结了几轮果子，想到时就摘下来，滚水略焯一下，浇点酱油吃掉。今年仅种了一盆牵牛，因春天在花店时没有买到最喜欢的湖水蓝，后来也不曾有空再去买。花已开了很久，白紫相间，有点像和服布料的"缟模样"，是花朵硕大的观赏品种。其实我更喜欢山野间任意生长的普通品种，花儿小小的，玲珑可怜。

天气预报说，六月七日近畿地区已入梅，但梅雨前线久滞南太平洋，六月中上旬爽朗晴日为多。下旬以来才渐多雨，离山更近的一间和室不宜堆书，陆续搬到隔壁干燥黑暗的书房去。你方才与大家算书账，其实这半年我并没有买什么书，值得一提的大约只有傅增湘请小林忠治郎复制的珂罗版《周易正义》。如能遇到正宗寺本《春秋正义》的复制本就好了，便可凑齐近代中日两国汉籍交流史上的珂罗版《五经正义》。

上午收到东京诚心堂书店寄来的最新目录，彩图页有"毛诗抄卷十九原稿　仓石武四郎·小川环树八一枚"，非常想买（对书籍恢复渴望，大概是痊愈征兆，请放心）。下午研究班后，电话去店里，却道已售出。惆怅不已，师兄说，这样的资料一出来，恐怕早被去店里的人买掉了。平日我总觉得京都是最好的地方，对东京的繁华热闹一向不置可否，唯独这样的时候，才会羡慕住在东京的人们近水楼台。

近来研究班阅览对象以集部书为主，今日翻到雍正五年山带阁刊本《山带阁注楚辞》，凡四册，韦力《芷兰斋藏书记》中评曰："写刻颇精，不类于寻常所见写刻本，查国内公私藏书，北图、北大、中科院、社科院文学所、上图、南京、天一阁和重庆，计八家有藏，虽称不上少见，但余喜其初刻初印，阅之赏心悦目。"所内藏本由琉璃厂群玉斋购入，日本各机构收藏不多。翻检书叶，发现不少干花瓣，我认为很像碗莲花瓣。其他老师怀疑，莲花汁液饱满，不怕书坏掉么？又翻了翻，发现大片斑驳印痕。"竟然会将如此潮湿的花瓣夹到书里。"众人感慨。之前与你说过，日本古籍中最常见的是银杏叶，因为当时人们认为有防虫之效。大家后来开始讨论，在旧书里都曾遇到过什么花瓣或者书叶。梅花、桃花、石榴花瓣、水仙、枫叶、香樟……答案相当丰富。有非常爱惜图书的老师表示不解："真有人往书里夹这些东西？不怕书坏了么？"其实我也会……当然，只是在常用的普通书里。梅花、樱花、附地菜、单瓣棣棠、石榴、鸭跖草、铃兰、虞美人……前几天还在书里发现一朵婆婆纳，原本的蓝色已近无限透明。随手夹在书里，原已遗忘了，偶然重见，想起当日情形，心事变得很温柔。若在旧书里遇到落花，仿佛捡拾起原主人一段渺茫的往昔。

对书籍更友善的做法，当然是以压膜等法先制干花，再作书签。曾对做植物标本颇感兴趣，但懒于压膜，只保存在绵纸里便罢了。从前也买过压制植物标本的工具，可惜太懒，只是刚来此地时做过几种。

既然精力有所恢复，少不了关注新闻，然而新闻总令人苦恼。对人间的不平与苦痛，常感悲观。周作人曾云："我的神经衰弱，易于激动，病后更甚，对于略略重大的问题，稍加思索，便很烦躁起来，几乎是发热状态，因此平常十分留心免避。但每天的报里，总是充满着不愉快的事情，见了不免要起烦恼。或者说，既然如此，不看岂不好么？但我又舍不得不看，好像身上有伤的人，明知触着是很痛的，但有时仍是不自禁的要用手去摸，感到新的剧痛，保留他受伤的意识。但苦痛究竟是苦痛，所以也就赶紧丢开，去寻求别的慰解。"深有同感。但我很难"赶紧丢开"，不过幸好还有"别的慰解"，才能在人间周旋。

松如

六月二十八日

书页间留下的植物

书页间的鸭跖草

杏雨书屋之行

嘉庐君：

　　前日收到你的信，很感激。近日心事虽消沉，但《通信》能成书，我当然开心。你能遇到《江户琴士物语》，很值得祝贺。那么我从前向早川兄复印的那一份，就可以留在自己身边啦。不知翻译一事顺利否？转瞬已到盛夏，植物次第更迭，很守时，也令人惘然。几个月前，蒙承志老师关照，约好今日同去大阪的杏雨书屋。那是武田药品工业株式会社下属的私立图书馆，藏有大量医籍，以及内藤湖南旧藏中最为精善的部分，一直想去拜访，但竟从来没去过。

　　一早搭京阪线从京都去大阪，约一小时抵北浜站，出来是道修町，迎面见到"道修町汉方药屋"、"中国传来强精药"等巨大招牌，不多远便是武田科学振兴财团的大楼，杏雨书屋便在其中。附近还有供奉药神的少彦名神社，我在那里为井上花坛家近来患病的长子求了一只神虎。

道修町一带自古是大阪的药材流通中心，江户时期，从清国、荷兰进口的药材首先都集中于道修町，再经此地药材商之手流通向各地。杏雨书屋所属的武田药品工业如今是日本最具实力的医药品企业，起源于 1781 年 6 月创业的武田长兵卫商店，初名近江屋长兵卫，位于修道町二丁目，1871 年改姓武田。明治维新之后，新政府颁布《医制》，确立西医西药的绝对地位，规定医疗用医药品应为西药。在这样的剧变中，第四代武田长兵卫决定进口西药，并延请东京大学医科大学制药学科别科毕业的药剂师内林直吉开发新药。第五代武田长兵卫少年时就在店里见习，青年时代来到东京、横滨，调查西药市场，1904 年继承家业。一战时期，德国进口的药品供应不足，日本国内药价一时高涨，第五代武田长兵卫遂先后建立武田研究部、武田制药所、武田药品试验所，占取药品研发的先机。1918 年，以上各部门合并为武田制药有限公司（株式会社）。1923 年，第五代武田长兵卫痛感关东大地震中典籍文物毁损无数，遂发愿收藏典籍，成立私人文库，以"润泽杏林之雨"为旨，名曰杏雨书屋。1963 年，武田药品设立武田科学振兴财团，1977 年，杏雨书屋藏书寄赠该财团，次年成立同名图书馆，向社会普通读者公开。

　　杏雨书屋藏有三件国宝，均为内藤湖南旧藏，即恭仁山庄

大阪修道町风景

● 神虎(張子の虎)の由来

文政5年(1822)に大坂でコレラが流行した時、道修町の薬種仲間が疫病除けの薬として「虎頭殺鬼雄黄圓(ことうさつきゆうおうえん)」という丸薬をつくり、合わせて「神虎」のお守りをつくって神前で祈願した後、施与したことに由来するといわれています。

虎は古来より、邪を祓い鬼を退治するといわれており、大坂の郷土玩具である張子細工で虎をつくりお守りとしたのです。

現在では万病平癒・無病息災のお守りとされています。

● 神虎のおまつりの仕方

神農祭で授与される神虎はご祈祷されたお守りですので、神様に失礼にならないよう、目より上の高さで、お日様に向かうように部屋の北側か西側におまつりしましょう。

マンション等で壁におまつりし難い場合は、花瓶などに入れて玄関やリビングに置かれてもかまいません。

神農祭でお求めになられた神虎は、次の年の神農祭にお持ち頂きお納めください。

少彦名神社的神虎

四宝诗中所云"收来天壤间孤本，宋椠珍篇单疏诗"的宋版单疏本《毛诗正义》、"千古师儒费句梳，说文解字许君书"的《说文解字》木部残卷，"史记并收南北宋，书生此处足称豪"中的宋刊《史记集解》。1934 年 6 月，内藤去世，次年三月，大阪府立图书馆举行恭仁山庄善本展，并请小林写真制版所以珂罗版精印，出版豪华大册《恭仁山庄善本书影》。此书印量本来不多，市面较为少见，曾在东京、大阪一些旧书店目录中见过，标价甚昂，终于不曾出手。前一阵攒钱想买，又已售出。近年珂罗版图录也受国内书商青睐，拍卖会常能得善价。

　　1938 年末，恭仁山庄善本入藏杏雨书屋，由内藤湖南长子乾吉完成交接手续。之后，京大图书馆司书官山鹿诚之助受托编写《恭仁山庄善本解说》，历时凡七月。1985 年，杏雨书屋出版《新修恭仁山庄善本书影》，由临川书店制作。图片当然不好与珂罗版效果相较，但开本适于日常翻阅，且添入山鹿氏所撰解说，并有所修订，很便案头常备。只是此书印量也只有350 部，属非卖品（杏雨书屋出版的图书皆为非卖品），仅能向古本屋求取，定价不比旧版低。我曾复印装订一部，幸运的是后来也买到一部，今番申请阅览，便是照着此书按图索骥。

　　今天暂先申请了"零残盲史王朝写，前辈收储手泽存"的《春秋经传集解》残卷复制本，"宋绍兴间刻元明递修本眉山版七史"

复印本、庆长元和间活字本《龙龛手鉴》复印本，及普通古籍原件两种，一为医家藤浪刚一乾乾斋旧藏江户抄本《上清紫庭追痨仙方论法》，一为江户时期所编《本朝群书手鉴别帖》。

书屋下午四点闭馆，须臾已至日暮，他日再来探索。回到京都，才发现刚刚结束了一场暴雨。鸭川浊流汹涌，平时露出水面的龟形大石淹没不见。虽然鸭川离家和学校很近，但平常很少来到这里，因此是第一次见到这样的风景，呆呆看了一会。想起方才在车上，老师忽而提起刚刚去世的亲人，是一位歌人。她热爱旅行，熟悉植物，时常去山里散步，回来就能作句。后来病重，没有办法出门，也不再写诗。老师便去山里，录了种种风景，回来放给她看。她叹息说，真美啊，又能写诗了。于是写出了诗，刊在杂志上。那之后不久，就辞世了。告别时老师说，人生短暂，要与喜欢的人多看风景，做喜欢的事。这在眼下的我听来，近乎救赎，但说不出什么来，静静地就告别了。暴雨过后，天极闷热，听母亲说家中亦连日高温，"几乎要抑郁"。也请你多多保重，盼来信。匆匆。

松如

闰六月初六

缓缓归

嘉庐君：

南京先锋书店一别，转瞬又过一周。前月末以来，为卖《京都如晤》，劳动你奔波南北二京，虽然很觉得过意不去，但也为这难得的长聚感到愉快，谢谢你。山中乐游，也充满感激。我大约是太懒，稍稍习惯某处，熟悉了那里的风景，便不忍离开。

这几日，琉璃般层云不染的青天下，栾树的蒴果已渐转黄，石榴成熟，海棠果垂挂如小宝珠。市上开始卖柿子、核桃、嘎啦果。西面重叠的黛色群山，仿佛走过去就到了。每每有心阻断闲愁，试图免去颠沛旅中波动的情绪，刻意收敛心事。然而眼下正是京中最可爱的秋天，前人记述与自己的回忆重叠相映，实在想更多看几眼，竟然决定改动行程，稍稍推迟了归期。这在我是头一回，此例不可多开。

近来故宫有大展，到处都在宣传。前日先去武英殿看了赵孟頫特展，种种与赵氏有关的精品自不必我多说，最喜欢的是姜夔《跋王献之保母帖》，还有梦寐已久的钱选《八花图卷》。初识钱选，是许多年前在网上见到美国弗利尔美术馆藏《栀子来禽图》。我非常喜欢栀子，画里遇见，总要留意。钱舜举的栀子设色温雅清丽，用笔细致潇洒，最为难忘。赵孟頫跋此画云："来禽、栀子生意具足。舜举丹青之妙，于斯见之。其他琐琐者，皆其徒所为也。"《八花图卷》绘来禽（林檎）、梨花、杏花、橘花、海棠、栀子、蔷薇、水仙八种，其中来禽与栀子二种与《栀子来禽图》极为相近。卷后亦有至元廿六年（1289）九月四日赵孟頫跋语："右吴兴钱选舜举所画八花真迹，虽风格似近体，而傅色姿媚，殊不可得。尔来此公日酗于酒，手指颤掉，难复作此。而乡里后生多仿效之，有东家捧心之弊。则此卷诚可珍也。"卷首以三叶佛经背纸装裱，博物馆或图录看画，常常没有足够空间充分展卷，这回能细看此卷全貌，很觉得满足。

十五日起，午门城楼展出著名的《千里江山图》。惧怕长队，早上又难起来，犹豫了两日，终于没有经住诱惑，今天午后还是与从周一起去了。秋阳下默默等待三小时，总算登楼。两年前石渠宝笈特展，也曾清晨排过长队，不得已随人群奔跑过。观展而已，却有这样独特的运动，真不应该。在别处也经历过客流量巨大的特展，等待并不可怕，可怕的是不够文静的行动。

幸好布展算得上出色，东西雁翅楼以编年形式展现历代青绿山水的变迁，午门展厅则为主角《千里江山图》。主角自然更受关注，需另外排队，队伍漫长而行进迅速，工作人员从旁不断催促，只囫囵看了几眼，离开后像一场幻梦，滋味难辨。倒是两侧展厅可从容细观，并无人多问，因而消磨到将近闭馆。出东华门，红墙映着槐树细密的枝叶，与偶尔飞过的喜鹊的翩翩剪影，是久违又亲切的一幕。

　　每到此处，总会想起往年在北河沿借居的时光，不免多散会儿步。当年真不懂事，竟敢于租住在内城。除了地名风雅，有故宫的一痕剪影可眺望，生活设施之类实在不便。这些年越搬越远，终于领会了"京城居、大不易"。走到灯市口，进中国书店逛逛，没挑出什么书。老舍纪念馆的小书店也关着门，当年店内那只长日伏在书堆上的大黄猫还健在吗？那套北京古籍丛书就是从这家店买回去的。三联书店正在装修，店面缩减不少，勉强挑了几册书。新闻说台风18号贯穿日本全岛，京都刚刚经历了狂风暴雨，现在已归平静。而我也必须收拾散落已久的情绪，缓缓归矣。

松如

瓜月廿八日

故宫博物馆藏钱选《八花图卷》中的栀子，温润典雅，非常喜欢

《八花图卷》之海棠

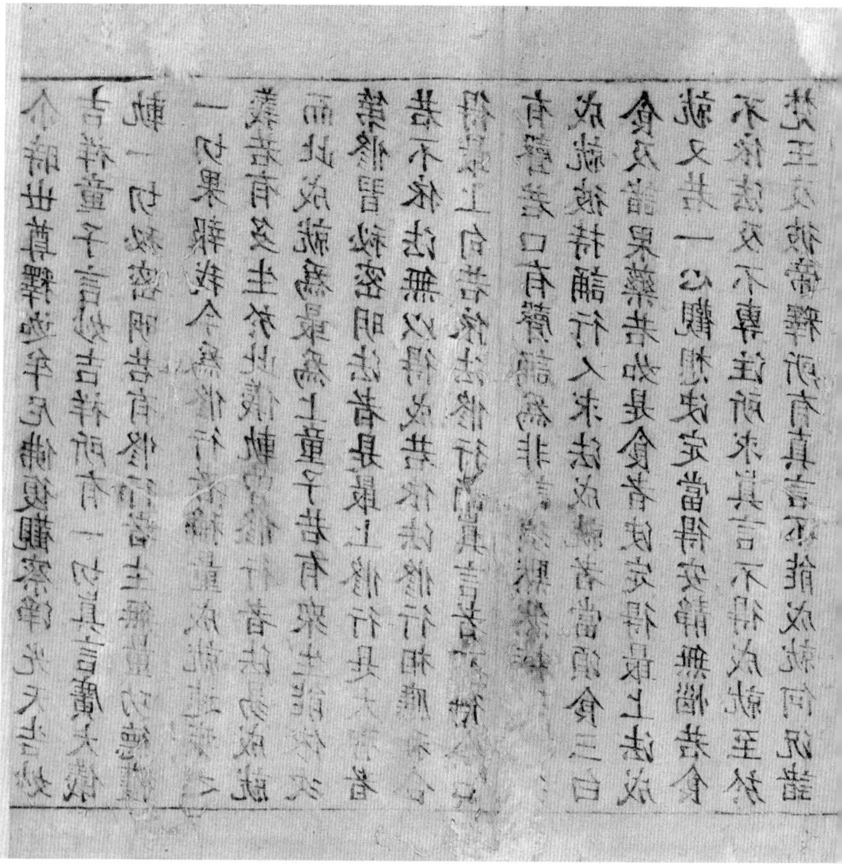

钱选《八花图卷》卷首装裱的三叶佛经背纸

《八花图卷》之蔷薇

天理大学观书记

嘉庐君：

见信好。不想这封信拖延如此之久，居然已到了岁末。各大博物馆的特展已纷纷画上句号，要等明年春天才有新的展览，可怜从周兄，每次都是元旦过来，到处都闭馆，连常设展也看不到。回想今年十月，又去了一趟天理大学，看今年的"古典至宝展"，见到了藤原定家的写本《明月记》、平安末期高山寺本《和名类聚抄》写本，印象较深。展览前后有三期，当时买了通票，想着后两期也去，不料杂事纷繁，最终只去了那一回。

对天理大学的感情很深，因为南葵文库旧藏、山井鼎献给纪州藩的写本《七经孟子考文》今日就藏在天理图书馆。去年秋天往天理看了两回资料，记得校内银杏与乌桕灿烂的秋叶。最早在天理图书馆馆刊见到金子和正老师介绍新收入馆内的《考文》，从此开始了与天理图书馆的缘分。幸好有学生的身份，申请看资料很便利。金子老师文章里提到《考文》的书箱内有和歌山本地学者多纪仁的题跋，但头一次去，馆员只给我看了书。问及书箱，对方很保守地拒绝提供："那不是书呀。"

"可是……据说上面有跋文，想看一看内容。"

"善本室的负责老师今天不在，我今天也不能答复你。"

这个答案当然有点令人沮丧。而我一向最不愿强求他人，遂不多言，只说了几句今后拜托留意的话。隔周再去之前，想着从京都去一趟天理，说难不难，却颇费周章，能见到《考文》副本，已经心满意足，但师兄也建议我带一盒京都点心过去，感谢馆员费心，我便在常买黑豆茶的宽永堂买了一盒叫"丸房露"的点心（师兄礼数周全，去诊所看病，隔三差五也会带些点心去）。不知是不是点心起到了一点作用，当我再问及书箱一事，碰巧善本室的负责老师也在，竟很爽快地答应了我的请求。

那书箱尺寸为 37.5×19.8 cm，跋文凡百余字，正是多纪仁很有特色的近隶笔迹，一角贴有"昭和卅七年一月卅一日，七十周年纪念文库，宇野晴义寄赠"的签条，为我解开此书流传过程中更为明确的细节。京大附图所藏《考文》原本，最初亦有书箱，但听馆员说下落不明。想来当时购入之际，也不觉得书箱多么重要，而近百年后的我，则觉得与书相关的一切都值得关注。

天理图书馆的收藏极为丰富，善本秘籍的主要部分均为二代真柱中山正善（教主）锐意搜集。他曾在东大文学部宗教学专业读书，读书时代起就爱好买书。1928年末结识弘文庄主人反町茂雄，直到他1967年去世，是反町一生挚友，也是反町门下第一豪客。最初中山正善对典籍毫无兴趣，反町茂雄也曾一度认为搜集珍善本是旧书生意里的歪门邪道。但1930年代实在是日本旧书市场波澜壮阔的年代，名门旧家流散的典籍再度聚集拍卖场，整体规模壮观。战后因社会阶层变动，古书市场又有一次高潮。反町与中山经历了这两段旧书市场的繁盛时代，一人搜书，一人购书，眼光与财力兼具，聚书极多。从数量众多的日本古写本开始，到古写经、古文书、古版本、切支丹本、名家稿本等等，包罗万象，极大丰富了天理图书馆原有的规模。据说反町每遇好书，会第一时间赶到天理，先请中山过目。战后初期，日本国内各种资源都匮乏，反町去关西收书卖书，时常连旅馆都订不到，往往住到天理市内信众的旅舍去，他与天理的缘分，由此可见一斑。他写过《天理图书馆善本稀书》，记录了不少搜书、购书的掌故趣闻，很有意思。

从天理站出来，去往天理大学的途中，要经过一段笔直宽敞的"天理本通商店街"，即天理商店街大道。全长约一公里，设置开合屋盖，两边有一百余家店铺。据说从前天理教大兴之时，这里是全国信众参拜圣殿的必经之途，因此繁盛一时。然

天理大学馆刊《ビブリア》创刊号封面，1949 年

天理図書館の善本稀書

― 古書肆の思い出

反町茂雄著

珍本商が語る古書蒐散史

日本第一の貴重書・珍籍の宝庫として、世界的に有名な天理図書館
の蒐集秘話集。敗戦後の大混乱期の旧公卿・大名・富豪の秘庫の開
放・離散、数十数百の国宝・重要文化財の古書の発見・流転、そして
定着にいたるプロセスの当事者によるヴィヴィッドな描写！
著者は第一級の古書肆・反町弘文荘主。■定価2000円■八木書店

反町茂雄《天理図書館の善本稀書―古書肆の思い出》（天理図
書館善本稀书――古书肆回忆），八木书店，1980 年

而我去的几次，已经很萧条，据说是因为信众激减的缘故。

1958 年 11 月 6 日，吉川幸次郎与小川环树曾携京大文学部中国文学研究室众人往天理访书，归后作《天理图书馆观书之歌》，刊于天理图书馆馆刊 1959 年三月号，诗云：

> 清净为教称真柱，郁如天师在龙虎。好事又为百宋王，此亦人间一册府。吾曹成均相伴侣，宜趁秋晴一访古。清晨驾车行平楚，既过奈良十里许。阿阁凌霄树鹭羽，层楼环之带廊庑。入之千门又万户，拾级而登法物贮。殷盘周鼎汉铜弩，况来解颐言觌覩。为之流连乃亭午，乃寻一逕通幽坞。其阴筑馆琳琅弆，窗前所陈乃余绪。五山镂版壮步武，岂唯诸祖苦口语。春秋经传集解杜，子厚文集五百注。刻者西来俞良甫，小字中州遗山序。翰林珠玉伯生著，皆摸宋元逐丝缕。借问张华可成谱，忽看秘笈新入簿。此乃宋刻孤寰宇，毛诗要义了翁诂。曹氏栋亭莫氏郘，递传一线入网罟。绍兴单疏阙可补，摩挲堪剧十五女。腾诸墨妙两轴巨，亦出南渡笔势舞。呜呼有力者能使物聚，物来奔之如风雨。日暮欲去阶前伫，遥聆灵官坎击鼓。

从天理站出来，去往天理大学的途中，要经过一段笔直宽敞的「天理本通商店街」，即天理商店街大道

天理大学附近的天理教本部神殿

天理大学天理图书馆

天理大学校园内

同时为此诗详作注，如开篇以龙虎山比喻天理市，以黄丕烈比喻中山正善。吉川他们当日也是去看秋季特别展，那期主题是五山版，展出了覆宋本《春秋经传集解》。还有曹寅、莫友芝旧藏的宋版《毛诗要义》，吉川推其为天理所藏宋本第一。纸幅有限，改日详叙。

明日起要去韩国开会五日，听说首尔旧书店寥寥无几，遗憾。时间已晚，匆匆即此，祝你一切都好。

松如

2017 年 12 月 1 日凌晨

戊戌年

戊　戌　年
二〇一八年

节分祭前夜

嘉庐君：

　　见信好。听说你刚从常熟回来，重访严天池墓，很羡慕。今日中午我也去黑谷访墓，前夜读桑原武夫所撰狩野直喜回忆录，称桑原骘藏夫妇墓碑铭文均为狩野所书。此前虽多次访桑原家墓地，却不知此节，故而决定白日进山。

　　而一早恰收到种莲师傅省吾的联系，说真如堂内有"赤鬼"被恶除疫，还有立春的药茶，叫我去领一份。原来春分已近，光阴流逝之速，不容商量。上学途中，翻过吉田山，来到真如堂，饮了一盏据说用枇杷叶、芍药、艾草煮成的春分药茶。殿内僧人正大声念诵《心经》，凡三百五十六遍。住持在大殿前宣讲佛法，声音洪亮悦耳。后来才发现，他将小话筒非常巧妙地藏在宽大的袖子内，大概是觉得话筒这样现代的工具拿在手里不够古典的缘故。着红衣的"鬼"摇摇晃晃向我走来，手里擎着的竹竿顶端缚了南天竹枝叶（南天竹日文作"南天"，音同"难转"，寓意扭转困局之意），轻轻扬起来，拍了拍我的头顶。我要拍照片，"赤鬼"特意摆出一个昂扬的姿势，很可爱。三重塔下开着蜡梅，小塔头觉圆院内的盆栽梅花也开了。穿过省吾工作的真如堂墓园，见梅树枝头鼓起青白色花蕾，二月中也许能开放。来到黑谷墓地的桑原家墓前，如愿见到狩野所题碑文，的确是他最擅长的小字楷书，风格很明显。

节分祭前一日，吉田山中至山脚已摆满摊铺，极热闹。着急去下午的研究班，只买了一只惠方卷，在研究室楼下小池边的枯藤架下默默吃了。吃完才发现说明书上写着：此惠方卷，当于2月3日，朝本年惠方之东南方默默一气食尽。可惜，只当是吃了普通饭卷好了。说来也有意思，自己作为"京都人"的自觉竟越来越高，近乎强迫症地恪守某日该吃什么、做什么的习俗——用一位老师的话说，这是乡下人来到京都的初级阶段。

夜里，省吾和小女儿叫我去山上散步。没想到节分前夜的游人已如此摩肩接踵。近年京都游客激增，据说是安倍政府努力促进旅游业的结果。先去山顶大元宫拜观掌管各地的神祇，省吾父女拜了他们的故乡丹波国，我也为研究对象山井鼎拜了纪州的神。之后一路吃零食，烤香鱼、炸鸡块、炸奶酪卷、艾草团子、烤玉米、草莓大福……又循例买一包福豆，看了巫女

金戒光明寺境内桑原騭藏夫妇墓、桑原武夫夫妇墓

金戒光明寺境内桑原隲藏夫妇墓碑铭文，由狩野直喜所书

的神矢舞，在山下告别。想起前一年的神札还没有送来，特地回家取，交给准备明晚火炉祭的工作人员。

据福永光司研究，吉田神社被除瘟疫、恶鬼的节分祭，自室町时代以来已成为古都的重要节日。如今主要祭仪有疫神祭、追傩式、火炉祭。火炉为八角形，与代表道教最高神元始天尊掌管的整个宇宙空间相关联。疫神祭与火炉祭都是吉田神社古已有之的仪式，追傩式虽是1919年才复兴，却比其他寺庙、神社都更遵循古礼，忠实模仿中国典籍里记载的方相氏驱疫仪式。方相氏戴黄金四目假面，玄衣朱裳，右手执戈，左手扬盾。吉田山东麓的神乐冈为诸神聚集之所——也就是与我家隔着一条小径的所在。据《延喜式》记载，神乐冈西北为祭祀霹雳神（雷神）之所，而雷神是道教的神祇，现在神乐冈还有祭祀大雷神的神社，也就是吉田山上的神乐冈社（福永光司、千田稔、高桥彻《日本の道教遗迹》）。要言之，吉田神社吸收了许多道教思想，虽然现在神社通常是民族主义、国家主义高扬的地方。白天还看到吉田山的竹中稻荷神社张贴着"重要节日请悬挂国旗"的海报，政治立场一望可知。因此上次向我推荐福永先生此书的旧书店主人也说，不少神社的人都很不欢迎此书。

眼看月亮从山那边一点点升起，下山后已至中天，高悬在巨木顶上，这几日的月亮都极美。穿过密林，草丛中的水仙花

2021 年节分祭，口罩成为新风景

福永光司、千田稔、高桥彻《日本の道教遺跡》（朝日新闻社，1987年）
封面

节分祭巫女的神矢舞

已快凋谢，野杜鹃的花苞开始膨胀，季节正悄然转变。不过多久，这片山中又将恢复葱茏。与你作书的此刻，月光正洒满窗前。春节拟回通探望祖母，机票、火车票均难入手，多亏从周兄辛苦刷得别人退来的高铁票（北京南下的高铁票最难求，据说出票瞬间即已售罄）。过一阵或许能见面，期待重逢后的详谈。

松如

2018 年 2 月 3 日凌晨

东大寺的礼物

嘉庐君：

见信好。故乡一别，倏忽已过月余。回西京后不久，祖母遽然辞世，又如当年祖父去世之际，我依然未能及时返家。好在此番有从周南归，代我送别祖母。昨夜梦见她，很安详的样子，我虽知道是梦，却还是忍不住跟她说，再多留一会儿吧！她笑眯眯，不作声。想上前拥抱她，却醒了。

今日黄昏，省吾联系，要我去真如堂一趟，说有香客刚从奈良来，给他带了东大寺取水节的礼物。有一小瓶"香水"，也想给我沾取一点。取水节是奈良东大寺每年初春举行的盛事，有非常隆重的法会，也是关西地区象征春天到来的重要节日。一直想去，迄今尚未成行。谷崎润一郎的《细雪》也多次提到这个节日，"这天正是取水日，虽说已是春季，却依然寒气袭人"，"从取水节前后，她们就开始急切地等待、筹划赏花的事"。

小雨如酥，漫步至寺内，粉墙下山茶端端可爱。省吾给我

真如堂初春的山茶

看香客所赠诸物，装在小瓶内的"香水"，是从东大寺二月堂内阵须弥坛下瓮内取出。瓮之香水分"根本"与"次第"二种，前者积累的是历代供养的香水，汲出部分仅分给修行僧侣；后者是前一年所余香水（此瓮要彻底倒出前年香水，清洗后注入新汲香水，而前者不会清洗，一直都保留部分），可以分给少数有缘人，据说有祛病之效，在关西地区信仰很深。"来来，我们也来滴一点，一年健健康康不生病。"省吾将香水洒在我头顶。

"取水节"（お水取り）的正式名称叫"修二会"，是向东大寺本尊十一面观音举行的悔过法会。室町时代的类书《尘添壒囊钞》卷十二有条目"修二月事"：

> 修二月，二月乃卯之月也，是天竺之孟春。为春之正当，故以二月为初月。

并附《二月堂修正由来事》：

> 良辨僧正弟子实忠和尚观念持咒，神游都率内院，拜见四十九重摩尼殿。其内常念观音院修法之仪，心感铭而贵之。乞圣众，求与一轨范，觉后有现此轨。即欲修行，愁无本尊，时过摄州难波浦，有阏伽器自

浪浮来。就近观之，乃十一面观音像，乘阏伽器而来。喜而取见，铜像也，其长七寸，温暖如人肤。则朝家闻之，圣武天皇贵其灵感，于东大寺建罗索院，令安置之。自此，实忠和尚每年二月一日起二十七日间，向彼修行。天平圣宝四年壬辰始，至今无断绝云云。弘法大师亦勤修，其时之帽子今仍有之，乃其行之重宝也。因于二月修法，故此堂云二月堂也。又请诸神各读其御名，若州远敷明神，喜此劝请，谢云，我献阏伽水，忽有黑白二鹈穿石地出，飞傍登树上，自其迹涌出甘泉。和尚乃叠石阏伽井，今仍存也。某年大旱，此井干涸，修二月会将缺乏阏伽水之时，其众皆并居井边，遥向若州持念，其水立盈满。当其时，远敷明神前之河川绝流无音。其后民闻此事，愈感其神，名此河曰音无河也。

这个传说很不可思议，混合了佛教、神道教思想，在《二月堂绘缘起》、《东大寺缘起》等材料中均有类似的记述。说僧人实忠曾至弥勒净土的兜率天，见天人所行法事，欲在人间仿此仪式。后往难波津，向海上补陀落山方向祈祷，十一面观音像遂乘阏伽器而来。实忠以此为本尊，开始了修二会的法事。

日本国文学研究资料馆鹈饲文库藏《尘添壒囊钞》刊本封面

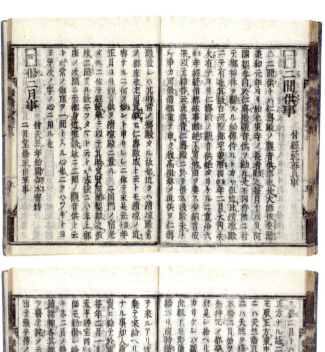

日本国文学研究资料馆鹈饲文库藏《尘添壒囊钞》卷十二"修二月事"条

举行法事期间，邀请五畿七道六十余州一万三千七百余位神灵来二月堂，念诵其名，确定"神名账"。若狭国的远敷明神因忙于捕鱼而来迟，道歉说要向法会奉献香水。忽有黑白两只鱼鹰从岩石中飞出，飞出的地方涌出泉水，便是现在二月堂的阏伽井。"取水节"的由来便是若狭国的神灵在二月堂前引来清水，以此供奉东大寺的十一面观音像。这里的地名也耐人寻味，难波津即现在的大阪湾，古代是渡来人登岸之地。若州即若狭国，今之福井，传说古代有若狭彦、若狭姬两位神灵掌管那里的水源。而若狭也是渡来人登岸之地，与难波津一样，都被认为是海外诸神的来处。海外传入的宗教象征着神秘，因此有特殊意义；而远离朝廷的方外之神来到二月堂，听从"神明帐"的召唤，又暗示地方对中央的臣服。因捕鱼而来迟的远敷明神无视了朝廷神圣的法会，化解危机的办法则是以神力进献香水，似乎说明了某种龃龉与结盟。正因为有这跨越千年的因缘，1971年，奈良市与小浜市结成了姊妹都市。

如今，"修二会"在每年三月一日举行，为期两周。"取水节"在三月十二日，这天夜里要在二月堂前燃烧竹竿扎成的巨大火把（笼松明），念诵"神明帐"，召唤诸神。之后在二月堂下的若狭井内汲水——据说这正是远敷明神敬献的香水。与"取水节"相对应，福井小浜市神宫寺每年三月二日有"送水节"（お

诸国神明帐

2019年3月12日，终于去看了东大寺的取水节

夜幕降临，二月堂前即将点燃火把

被火把照亮的二月堂

水送り）。原来神灵把香水从若狭送至东大寺，要花十天功夫。

香客带回的礼物里，还有一枚窄长的"二月堂牛玉"，是东大寺的牛玉宝印。牛玉即牛黄，古来为密教修法所用，是日本古代非常珍贵的药材，民间若有所发现，必须进献中央政府，不得私藏。此印用墨混入牛黄，据说有祛病消灾之效，曰"南无顶上佛面除疫病／二月堂／南无最上佛面愿满足"，每年三月八日、九日间由僧侣刷印。供奉佛前的宝印每叶凡八印，每印当中又有两枚朱色宝珠，曰"朱宝"。分赠有缘信众时，裁成细长一枚，封入纸札，可以供奉在家中。因为不是售卖之物，所以很难得。

我对这件与印刷史相关的宝印很感兴趣，请教了省吾很多有关寺庙木板印刷的事，比如庐山寺的"立春大吉祥"印，还有真如堂的"元三大师"印。他闻言非要以此相赠，我连说不用，是你的香客辗转送给你的难得之物，怎么能给我。他很神秘，让我稍等，说着到内间复印了一份，端端正正贴在佛龛前："好！现在我也有了，你拿去吧！"

"不，我要那个复印件，您留着原件。"

"再不拿走要生气了。"

只好遵命。又得到一盒山茶枝叶烧成的草木灰，让我拿回去当碗莲的花肥。今年春天比去年暖和，可能要早点翻盆。问

东大寺"二月堂牛玉"及纸封

庐山寺"立春大吉祥"印

刷印牛王的僧人

省吾如何判断翻盆的日期，他说，伸手到淤泥里感受一下，如果是"啊，好冷"，那就还要再等等。

省吾的长女刚刚考上横浜的大学，打算二外选修中文，说是受我的影响。省吾最近也在学中文，问了我几个单词如何发音。二人在雨气弥漫的墓园里学中文，情境很有趣。一时天色已黯，突然看到园中跑来一只胖貉，蹐蹐蹐，并不避人，从容下山去了。我从未在山里见过这么圆润的貉。

省吾也认为这貉太胖："究竟是吃什么长这么好？是偷吃了供品吗？那天还看到它被山里的大黄猫狂追，非常狼狈。"

我也随着貉的脚步下山回家，寺内纷披的樱枝鼓满花蕾，已露出一点点深粉。浸润雨水的瑞香花气极为清冽，盛春到来前的无比宝贵的清寂，令我在暮色中流连再三，也忍不住匆匆去信，愿与你分享一点我所喜爱的寂寞。

松如

戊戌春分前二日

溶溶春水浸春云

嘉庐君：

　　见信好。

　　三月依然过得飞快。上周与同学去滋贺琵琶湖剧场看了栗山民也导演的《上海之月》，原著作者是井上厦，曾获第二十七回谷崎润一郎赏（1991 年）。鲁迅的扮演者是我一向喜爱的野村万斋，许广平则是广末凉子。此前并未读过小说，看完之后才知道故事大概，讲鲁迅去世前与内山书店主人夫妇、医师须藤五百三、牙科医师奥田爱三的交往。内山书店的舞台出于真实，其余许多情节都来自想象，如要通过此剧寻找真实历史的面影，恐怕会有点失望。万斋演阴阳师极贴切，但却不太有鲁迅的感觉，无论身形还是气质。特别是跪地后腰部直挺的特殊身段，是狂言师的标准身架，与鲁迅相去甚远。加上剧装设计不太到位，效果颇显怪异。凉子与许广平虽也有距离，但她形象太美，一如皎月，声音又太温柔，无论她怎么演，我都喜欢。

有关内山书店的往事，一直想写点什么。但关于鲁迅的先行研究太丰富，轻易不敢下笔，只好以后再说。然而如今在日本，除了鲁迅，还有哪位中国作家有这样高的知名度呢？虽然国内经常译介日本文学作品，但日本对中国文学却兴趣寥寥，信息也非常滞后。

一过中旬，转瞬便是月末。上周还很寒冷，昨天开始骤然转暖，山里笼罩着薄薄的柔软的雾气，暖风芳草，荣光浮动，山鸟啼啭不休，已是十足春景。近日有事，每天都要路过哲学之道。前些年从银阁寺前搬走之后，绝少有闲暇去那里。今番所见，昔日熟稔的店铺多已不在，惊觉从前认为变化最少的古都也加快了流逝的速度。更可恼为迎合游客趣味，出现了一些出售粗劣版画的店铺，从前精美而略价昂的明信片都不见了，难免作"寻来寻去、都不见了"之叹。

今日友人昔酒来家中玩耍，以随身所携画稿相示。渠云有一阵每天都在中国国家博物馆写生，因而画了许多青铜器，又云深喜青铜器所蕴含的涵义与奇妙的设计，画笔所能捕捉的信息远胜相机保留的瞬间。平素深爱她笔下幽邃的世界，见到她练习、思考的过程，深为叹服。问她可曾看过泉屋博古馆的青铜器，说还没有，饭毕正好相携同往。途中又经过哲学之道，此日晴光荡漾，向阳且高处的染井吉野樱已至极盛，在淡玉的

大和文华馆院内盛开的垂樱

青天下团圞摇曳，其余亦近花时。水畔尚有木瓜、连翘、雪柳、结香、瑞香、铃兰、山茶、玉兰、葡萄风信子、毛茛等诸色花卉，无不可爱，忍不住频频驻足。

进得馆内，先去看江户时代茶道具的主题特展，印象深刻者有：松花堂昭乘作《三十六歌仙书画帖》，笔触洒脱幽淡，十分不俗；江户前期公卿、歌人、书家乌丸光广作和歌短册《荻》（庭の面にをのれとそよくおき原は／あき風よりや生はしめけむ，试译云：瑟瑟原上荻，庭前自摇曳。萧飕生何处，殆由秋风起）；朱舜水所书"漱芳"铭等等。此"漱芳"是住友家所藏"鹤之子茶入"的铭文，这件茶入典雅端正，是元代传来之物，据说深得住友家第十五代主人春翠的喜爱。而随茶入所附舜水书轴也非常难得，款云"岁在己未季夏既望／八旬楺老／明舜水朱之瑜"，钤"朱印／之瑜"（阴）、"楚玙"（阳）、"溶霜室"（阳）。"溶霜"之名来自舜水幼时所梦"夜暖溶霜月，风轻薄露冰"二句（安积觉《朱舜水先生文集后序》）。几件明代的香合也都雅致秀气，可见春翠不俗的品位。

常设展的青铜器常看常新，昔酒果然也喜欢，天色已晚，说后日再来写生。大和文华馆最近的展览也很好，不知能否抽空去看。方窗外淡月溶溶，树影婆娑，濛濛的东山即将遍染翠色。我们又沿哲学之道返回，若王子神社附近依然有不少猫。疏水道水位抬升，看到顺水漂流的鲤鱼，十分闲适的样子。此日饱览春景，虽没有读书，也不觉面目可憎。三月最后的几日，但愿工作稍有进展，也期盼你的来信。

松如

杏月初九

牡丹坠落的清晨

嘉庐君：

　　此刻窗外正是暴雨，今春第一番响雷，云气涌入窗来，竟略有初夏的感觉。开学已至第二周，学校新添工作，极忙碌。前日新得一册书目，题为《容安轩并某家所藏品目录》，是1943年2月下旬京都美术会馆的拍卖目录，拍卖会主持者（札元）为善田昌运堂。容安轩即神田香岩家。起首有"国宝毛诗正义秦风残卷四枚（二十七行、十四行、十三行、十三行）"、"重要美术南宋版纂图互注尚书四册"，而这两件十分有名，均为富冈铁斋家旧藏。

　　从前你曾令我翻译过铁斋书信，关于铁斋父子的生平，似未曾仔细谈及，此番不妨详述。富冈铁斋是京都人，与京都关系也极深，留下字画很多，街中不少老铺字号皆由其题写。他的独子谦藏（亦作谦三，字君扨，号桃华）生于1873年，幼时身体孱弱，未曾读过小学，而是由铁斋亲自教导。之后转益多师，

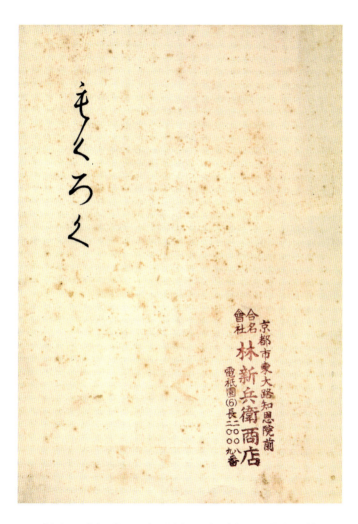

《容安轩并某家所藏品目录》，拍卖会目录也是书志学研究的重要材料

書畫之部

國寶
毛詩正義秦風殘卷　四枚　二十七行

重要美術
南宋版纂圖互註尚書　四冊　二十四行・三十三行

古畫不動尊　　　　　一行

清巖書一行

清巖細字橫物

松花堂・布袋

松花堂東波　　　　　玉舟賛

松花堂盆梅橫物　　　江月賛

清巖書一行　　　　　江月賛

一

《容安轩并某家所藏品目录》卷首"国宝毛诗正义秦风残卷"、"重
　要美术南宋版纂图互注尚书"

与父亲一样笃好藏书，所藏古镜亦颇可观，著有《古镜之研究》。

1899年，京都帝国大学附属图书馆成立，初代馆长岛文次郎与京都藏书界富有盛名的铁斋积极往来，并与谦藏成为好友。1903年，谦藏被委托编纂京大附图和汉藏书目录，次年完成。之后担任了两年国语教员，并于1908年秋担任京都帝国大学文科大学讲师，讲授中国金石学与宋史，与内藤湖南、狩野直喜等学者均有密切往来。

与父亲一样，他对中国也怀抱憧憬，一生去过四次。第一次是1910年受大学派遣，随内藤、狩野、小川琢治、滨田耕作等人赴北京调查敦煌文献及内阁旧藏。第二次是1912年随内藤、羽田亨至奉天调查资料。同年还曾游历苏州、南京、杭州等地，去过明孝陵、文澜阁，并在上海见到了长尾雨山。1917年3月，谦藏再赴中国，于上海拜访罗振玉、王国维，并与吴昌硕见面，带回铁斋嘱托的两方印（"富冈百炼"、"铁斋外史"）。次年12月23日，谦藏病逝，得年46岁。铁斋晚年丧子，自然悲痛无已，后于1924年病逝。

铁斋父子买书气势劲健，是内藤湖南的有力对手。文求堂刚从中国进货到日本，连书目都等不及，铁斋就会去田中庆太郎处求看书。哪里有古本祭，必然都有他的身影。据本田成之回忆，东大历史系的老师常说，要是不知道就去找富冈，因而常常来京都访问铁斋父子关于书的事。但因谦藏早逝，富冈家的藏书难免星散的命运，连反町茂雄都说，就算在旧书店主人的角度来看，也不忍心拆散如此丰富的收藏。

1936年，大阪府立图书馆举行富冈文库善本展览会，同年由小林写真馆出版《富冈文库善本书影》。到1938年6月4日、5日，1939年3月17、18日，东京、大阪先后举行规模空前盛大的富冈文库藏书拍卖会，反町茂雄称此前无古人、后无来者。拍卖会全权委托大阪鹿田松云堂第四代店主静七，此外，京都的佐佐木竹苞楼、细川开益堂，东京的村口书店、浅仓屋、一诚堂、弘文庄都参与其中。之所以分两次拍卖，是因藏书量实在太大，一次无法完全消化。拍卖目录也出了前后两期，封面影印的铁斋绘画，内文以铜版纸印刷，很精美，印数达两千册。

据反町回忆，《毛诗正义》残卷(国宝)由实业家长尾钦也所得，不过没有听清普门院本南宋版《纂图互注尚书》(重要文化财产)当时为何人所得。无论如何，这两件珍贵的富冈旧藏在1943年的拍卖会上再度露面，后皆归京都市所有（今藏京都国立博物馆）。普门院本南宋版《纂图互注尚书》的书箱外有铁斋墨书，内刻铁斋钞录的识语。京博还藏有铁斋识语的原稿，以挂轴装裱。

前些年人民文学社出版《南宋刊单疏本毛诗正义》时，曾将此《秦风》残卷彩图收入附录。前年出版的《日藏诗经古写

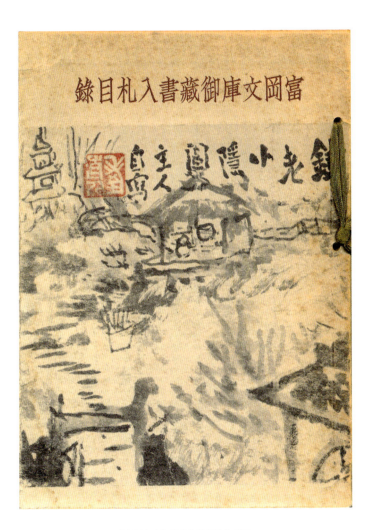

《富冈文库御藏书入札目录》封面

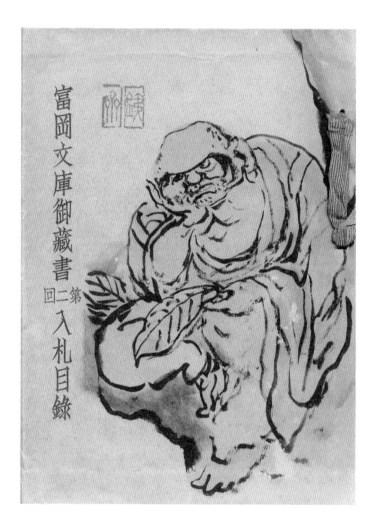

《富冈文库御藏书第二回入札目录》封面影印的铁斋绘画

本刻本汇编》也收有此卷，不过这套书价格太昂，一时很难下手。近年国内公私出版社做了不少日藏汉籍的复制工作，对比古籍影印事业相当萧条的日本，是难得的景气。前月曾替师顾堂主人沈楠氏联系尊经阁文库，询问汉籍复制事宜，自然遭到拒绝（彼处一向保守，且门庭森严）。对方最后道：“或许未来可以结缘。”

　　此信耽误很久，终在月末写完。而起笔的那个雨夜，原想告诉你的是，清晨还在睡乡时，听到扑哒——很轻的温柔的坠落声，心想应该是瓶中牡丹凋谢，醒来果然如此。而眼下牡丹早已凋尽，芍药也阑珊。明天还要上课，匆匆至此，盼来信。

松如

2018 年 4 月 30 日

無深浚之童而謂之威焉巨謂以隆薄之

宜博也金甲堅劲苦其不和故義其骹甚群言和調也物心

不和則不得群暴故以和為群也左傳支注五言孤裒裒黄頁无

榮同音周札用牲用玉言无者昝謂雜色故轉无為榮明无是

雜羽盡雜之文於代故曰无代无榮為討笺轉討无皆以義言

之无正訓也　傳盛之虎至滕約　正義曰下句云文暢二弓則

虎暢是盛弓之物故知虎是虎皮暢為弓室也弟子讖曰氧

其脅榮則脅是匀也鑣謂脅上有鑣明是以金餙

帶故知脅是馬帶若今之婁匀也春官巾車武五路之餙

皆有挟鞻　注云樊讀如盤旋之盤幣之鞶謂大帶者皎韶在服

之帶与脅墨也文二弓謂暢弦調顛到安置之既夕礼記明

《富冈文库御藏书第二回入札目录》载国宝纸本墨书《毛诗正义·秦风》残卷资料图

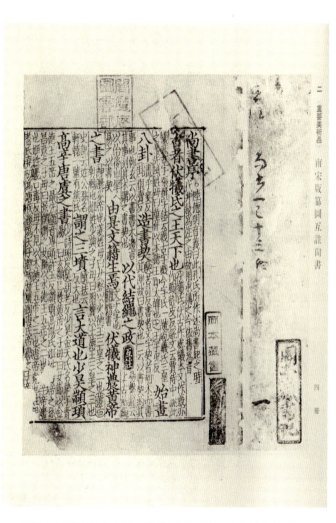

《富冈文库御藏书第二回入札目录》载南宋版《纂图互注尚书》资料图之一

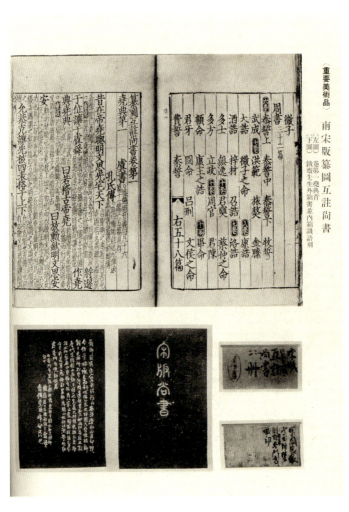

《富冈文库御藏书第二回入札目录》载南宋版《纂图互注尚书》资料图之二

春季古书市第一日

嘉庐君：

虽然尚未收到回信，却趁假期，再与你寄一通。春季古书市今天开幕，午后与老师散步去平安神宫附近的会场。大概是头一天，天气又极好的缘故，会场人山人海，要非常巧妙地、彼此都有默契地，才能慢慢挤进人流，接近书架。依次与店主们打招呼，中井书房的爷爷最温柔："呀，看看是哪位小姐来了。"

闲谈少时，中井爷爷又笑云："你仍带着新婚的喜悦气息呀，令人惆怅……"

我便也笑道："都什么时候的事了？那分明是见了你们旧书店主人的喜悦气息。"

说话间，本地旧书店新锐、"あがたの森書房"主人百濑先生前来打招呼。那位俊朗的青年，也像老店学徒那样恭恭敬敬行礼，说着一直多有关照，非常感激云云。急忙回礼。他说在准备新一期的书目，所以拿来参加古书市的好书算不上多：

"也不知道有没有你看得上的。"态度极谦谨，中井爷爷笑不止。若论古籍，"あがたの森書房"应是全场最值得去的一家。其余如紫阳书院、三密堂、菊雄书店、赤尾照文堂等老店，倒稍稍逊色。

径往他家书摊而去，果然围满了人，还遇到一位老师。大家默默翻书，都不挪动。只好看准一处空隙，悄然侧身，才够着书架。最先看中安永六年（1777）丁酉秋七月京都书林田中市兵卫、今村八兵卫、吉田四郎右卫门、风月庄左卫门合刊的《尚书注疏》，凡二十卷，共十册，每册卷首钤"坂井藏书"（朱），略有句读。书后有江户时期儒者芥川元澄的跋文，介绍此本刊刻大要：

> 吾邦十三经注疏刻而行世者，《孝经》、《尔雅》、《左氏传》数书耳。穷乡寒士乏书册者，夫以何发其蕴奥乎哉。今自《孔传注疏》以及蔡《传》，旁以《经解》，若钦定《注》为辅，则《尚书》之义庶几可以尽矣。书肆某某谋授剞劂，刻万历本以行于世矣。使余校而句。余不佞旁以嘉靖、汲古阁本校之，十易裘葛，以从事铅椠。

知此书从书商起意重刊万历本，到芥川句读完成、刊板行世，历十载方竣。芥川元澄号思堂，是京都著名学者，曾受鲭江藩第五代藩主诠熙之命，赴江户藩校惜阴堂担任教官，门生众多。前年夏天曾跟你提过宝历九年（1759）风月庄左卫门等人所刊《周易》，不想今日有此邂逅。

架上还有不少感兴趣的书，一时难以靠近，只好专心翻看近处木箱内的零册。翻到弘文堂书房1935年6月所刊内藤湖南、小岛祐马编、市野迷庵著、门人涩江抽斋补修《读书指南》，内藤至晚年都不断摸索学问研究的方法论，留意治学门径的读物。之前在"あがたの森書房"的网店也见过，定价稍昂，因此一直未买。今日标价却只有八折，自然要买，又笑问百濑先生为何降价。他神态潇洒，笑云："总归是过节，就重新标了价格，选了个自己喜欢的数字。"此书是据内藤旧藏抽斋手书稿本（森立之旧藏）排印而成，内藤谓此书"提倡朴学、根本汉唐、体例该备、叙述简约，初学之士可以为津梁，欲付印以广流传者有年矣"(卷末小岛跋语)，评价甚高。此本扉页钤"山吹庵或人"，并书"千九百三十五年之七月二日六十六岁南方策"，知道这位读者是新书上市后立刻购读。又及，据伍跃老师调查，国图藏有杨守敬《经籍访古志》六册写本，并附《读书指南》，有杨氏校语。

安永六年（1777）丁酉秋七月京都书林田中市兵卫、今村八兵卫、吉田四郎右卫门、风月庄左卫门合刊《尚书注疏》，凡二十卷，共十册，每册卷首钤「坂井藏书」（朱），略有句读。

尚書正義序

皇明朝列大夫國子監祭酒臣李長春

　　　　　　　　　　　　唐孔頴達撰

奉訓大夫司經局洗馬管司業事臣盛訥等奉

勑重校刊

夫書者人君辭誥之典右史記言之策古之王者事擧
萬機發號出令義非一揆或設教以馭下或展禮以事
上或宣威以肅震曜或敷和而散風雨得之則百度惟
貞失之則千里斯謬樞機之發榮辱之主絲綸之動不
可不慎所以辭不苟出君擧必書欲其昭法誡慎言行

萬曆十五年刊

盡其義矣吾邦十三經註疏刻而行世者孝經爾雅左氏

傳數書耳窮鄉寒士乏書冊者夫以何攷其蘊闕大乎哉

今自孔傳註疏以及蔡傳旁經解諸書欽定註疏之輔則

尚書之義我庶幾可以盡矣書肆某某謀授剞劂刻萬曆

本以行于世矣使余攷而句余不佞旁以嘉靖汲古閣本攷之

十易裘葛以從事鉛槧效古人攷書撰之掃葉顧

梓工之踈失豕不少至其遺漏則章筴大方君子之是正

讀者亮之安永六年丁酉夏六月書於思堂中

平安後學　芥川元澄（印）

和刻本《尚書注疏》書后江戶時期儒者芥川元澄跋文，介紹此本
刊刻大要

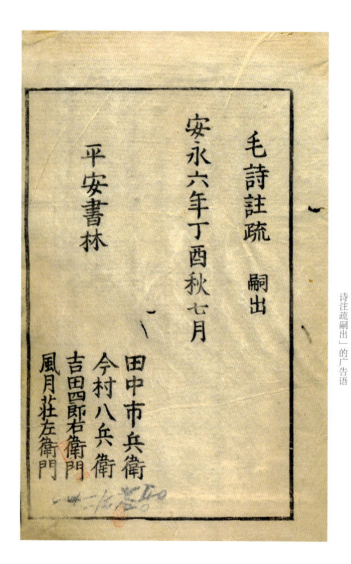

毛詩註疏　嗣出

安永六年丁酉秋七月

平安書林

田中市兵衛
今村八兵衛
吉田四郎右衛門
風月莊左衛門

和刻本《尚书注疏》卷末刊记，罗列诸家书肆名，并有「毛诗注疏嗣出」的广告语

又翻到一种《岁华一枝》(并补遗,流芳亭藏板。原为两册,改装为一册),罗列时令语汇,明记出典,算得上一种简单的《岁时记》。著者内山端庵是江户昌平坂学问所的儒者,名善,字士德,通称清藏。有意思的是,此书卷首有《清嘉录》作者顾禄所书序文。据稻畑耕一郎先生多年前考证,这是顾禄为数不多的存世书法,洵为珍贵。顾禄与端庵的关系也可称近世中日文化交流中一则可爱的佳话,试略述稻畑先生研究概要如下:《清嘉录》刊行(1830)后不久的天保八年(1837),在日本出现了翻刻本。端庵的《岁华一枝》正编大约刊于文政十一年(1828),而《补遗》已频频引用《清嘉录》,足见内山对此书喜爱之深。可以推测,《补遗》的出现,也与他受到《清嘉录》启发有关。最迟在天保九年(1838),《补遗》已刊成,并随长崎商船抵达中国,寄到顾禄手中。随书附有顾禄友人、幕末西洋炮术家高岛秋帆的介绍信,向他转达了内山的求序之情。顾禄慨然作序,可惜的是,端庵已于1839年辞世,未及见到顾序,而顾禄则在1843年病逝。之前因为傅增湘而曾学习过稻畑耕一郎老师的研究,此番遇到顾禄,知道稻畑老师对顾禄也深有研究。

此书定价极廉,当然也要买下。正编卷首钤"小门大桥氏图书之记"(朱)、"和田氏"(朱),卷末墨书云"嘉永三庚戌霜月,快雪",钤"快雪"(朱)、"迁"(白)、"乔"(朱)。补遗卷首较正编多"快雪"一印，卷末墨书"嘉永三年庚戌霜月快雪"，钤印同前。又有墨书云："大正十二年七月求之率庵。"查得江户末有书家大桥迁乔氏，字友声，号雪堂，与幕末江户豪商菊池澹如有交游，曾为其校订《澹如诗稿》（1859）。则此《岁华一枝》正续编为大桥迁乔于1850年11月读毕（可知此版至少早于1850年刊印），后来又有一位读者（不知是否为和田氏，率庵亦暂未考出）于1923年7月读过，二位书迹皆称流丽优美，与此本正文秀气的书体相映成趣。

觅得此三种书，也觉满足。人潮尚未退去，遂不恋栈，转到紫阳书店家找了一册天明元年（1781）刊《欧苏手简》，又于各家选了几册普通研究书。遇到不少熟人，一位师兄以极低价购得一套今西龙研究集，价格尚不及我之前网购其中一册的价格之半，很羡慕。同行的老师也很有收获，都表示不再多买，于是暂告段落。结账后在对面的茑屋书店门外小坐，交流过彼此所得，沿着花影斑驳的小径缓缓回学校。

夜里已有虫声，点了一盘蚊香，俨然初夏光景。明日有研究班，应该来不及去书市，之后两天仍想去看看。盼望来信。

松如

戊戌立夏前四日

乱买书

嘉庐君：

　　收到你的来信总是喜悦。假期之后，诸事纷繁，一时难于排解。夜中辗转，不得平静，忽而想起去读张新颖的《沈从文的后半生》（在豆瓣阅读买了电子书），今日也恰是沈从文的三十周年忌。之前一直听说张著极好，却到今日才读。这种以时间为序安排材料的绵密写法，开始读得非常愉快，到后半部却也希望能稍稍多一些作者的阐释与考证。不过无疑是拯救并启迪我的书，看他如何面对种种挫折、误会、排挤、绝望，如何坚韧地活到1988年，如何在完全抛弃小说写作的几十年内做出新研究。"虽撄扰汩乱之中而其定者常在"，甚至觉得他早在建国前即被严厉批判，对照后来的境遇，竟是有用的试炼。

　　书中许多地方皆有触动，如写他1956年到济南，"住在山东博物馆小事处，对窗是一座教会楼房，晚上月影从疏疏树叶间穿过，令他产生'非现实'的幻觉；就是早晨被广播吵醒，放的也是好听的交响乐，而不像北京，大清早要人听'刘巧儿'和'小河淌水'"。"声音风景"的对照，在敏感的灵魂听来当然触动良多。如晚年面对丁玲的非难，"内心的激愤长久无法消除。私下里提起此事，他难以抑制受伤的情绪。……'只图自己站稳立场，不妨尽老朋友暂时成一垫脚石，亦可谓聪敏绝顶到家矣'"。近来我也有类似"内心的激愤"，一时难以消化。但除了读书和忍耐，暂时没有想到别的办法。幸好所见的山川依然清美可爱，可以化解愁闷。假期买的几种书在今晚也都纷纷寄到，可以安慰一阵。

当中有一册川濑一马编的《椎园》（第二辑，1937年秋），全部文章皆为川濑所作，书中重点介绍了安田文库。该文库是日本富商安田善次郎父子两代的收藏，非常豪华，旧名松迺舍文库。关东大地震中，文库损失极大，甚至连损失的书目都不太清楚。震后，安田家第二代主人又开始收藏书籍，因为赶上昭和初期古书业的旺盛浪潮，加上安田家财力雄厚，文库又渐成规模。但1936年秋，第二代主人病故，文库事业就此终止。在地震中损失的图书尚钤有"松迺舍文库"之印，新收集的书籍连藏印还未及钤盖。椎园是安田二代主人的号，这册小书是其一周年忌时所出，其中《安田文库书目》可略见文库大概。吉田篁墩自笔本《清朝兴创事略》、近藤正斋自笔本《享保探访

椎園　第二輯

川瀬一馬　稿

目次

川瀬一马编《椎园》（第二辑，1937年秋）目录

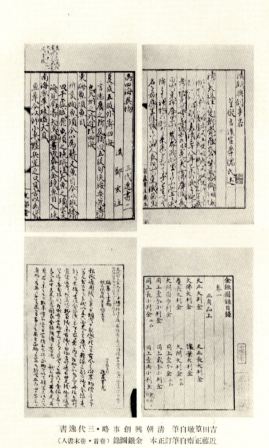

書逸代三・略事創興朝清　筆自墩簋田吉
（入書末卷・首卷）錄圖銀金　本正訂筆自齋正藤近

《椎園》所載吉田簋墩自筆本《清朝興創事略》書影

书目》等江户时期儒学家的稿本很可注意。另有市野迷庵的诸多稿本，多属经部。涩江抽斋的自笔本亦丰富，当中书目尤多，如《足利学校藏书目录》、《爱日精庐藏书志抄录》、《江户图书目提要》等。但这些藏书与安田家旧邸一样，在1945年的东京大轰炸中全部归于灰烟，是故反町茂雄称安田文库为"近代日本富商古书搜集历史上结局最不幸者"（《日本の古典籍——その面白さ・その尊さ》，349页）。因而这册《椎园》，竟成安田文库的墓志铭。

前日深夜，夫马老师来信，推荐我务必阅读希罗多德所著《历史》的日译本，称松平千秋译文绝赞。只知道松平千秋是研究西洋古典的著名学者，但从未读过他的书。老师说，同时还在阅读《左传》、《墨子》、《韩非子》的日译本，但趣味远不如松平译《历史》。网购的三册文库本已经收到，但愿尽快读完。

另有东京卧游堂寄来的汲古阁后印本《陈书》全帙，卷首钤"曾在／北村／益家"（朱）之印。函套、装订、封面均为唐本原样，未经改装。北村益（1868-1951）是青森县出身的政治家，大正末年隐退，专注俳谐创作，颇喜藏书，有"百仙洞文库"。如今在此遇到可以承担价格、内容又较感兴趣的中国书的机会很少，只当是一种学习。

假期购入的二手书架也到了，摆在屋子正中，终于将地上

本紀第一

高祖上

高祖武皇帝諱霸先字興國小字法生吳興長城下若里人漢太丘長陳寔之後也世居潁川寔玄孫準晉太尉準生匡匡生達永嘉南遷爲丞相掾歷太子洗馬出爲長城令悅其山水遂家焉嘗謂所親曰此地山川秀麗當有王者興二百年後我子孫必鍾斯運達生康復爲丞相掾咸和中土斷故爲長城人康生盱眙太守英英生尚書郎公弼公弼生步兵校尉鼎鼎生散騎侍郎高高生懷安令詠詠生安成太守猛猛生太常卿道巨道巨生皇考文讚

高祖以梁天監二年癸未歲生少俶儻有大志不治生產既長讀兵書多武藝明達果斷爲當時所推服身長七尺五寸日角龍顏

汲古閣《陈书》，卷首钤「曾在北村益家」

散乱的书收拾起，稍得喘息。《岁时记》一书已排版完毕，所附别册也制作告竣。与此番遇到的编辑姐姐相处非常愉快，是我过去这些年来难得的经历。"将来请都写下来。"面对我的苦闷，她这样安慰，是珍贵的解人。夜寒侵人，不似前月春暖，阳台秋葵幼苗已冻死，不知还来得及补种否，今夏也许见不到秋葵可爱的薄黄绸一般的花朵。

又及，很喜欢六逸新文末段，"心里开心，面上却不露喜色，安静地戴着一色春上完了课。后来不知它遗失在课桌上，还是星辰下"，活泼工整，真漂亮。想起自己在六逸的年龄时，与婵媛姊姊的往来，仿佛闻见当时文联旧楼前的流水气息，搬入博物苑后的种种光景也清晰如在目前。暂写到这里，盼你来信。

松如

5 月 10 日晚

风景此处佳

嘉庐君：

入夏以来再没有写过信，其间经历许多：玄米突然离开、一桩恶劣事件暂告段落，心绪难免消沉很久。今年此地也不平安，先是六月中大阪北部地震，我家摔碎了一面穿衣镜，书也散落满地；接着是七月初的连日暴雨，鸭川泛滥，吉田山坍了一小块，幸而没有什么伤亡事故。眼下又是不寻常的酷热，不过京都人每年都会感慨"今年好像比去年热"，就像每年春天都会感慨"今年的花粉好像飘得比去年多，花粉症真受不了"云云。新书《松子落》已出来月余，与我好像已没有关系。想做的事太多，做得好的却没有几件。

前日你说要携璐姊来京都玩，我很高兴，当时来不及细问你们的行程与计划。七月末至八月初京都最热，原不适合旅行，本地人经常外出避暑。你说要去紫阳书店，当然乐于同往，只是近年恐怕没有什么好书。朋友书店也应去，附近有王国维旧居遗址，但前次暴雨，山里塌方，已不能走近。罗振玉旧居遗址也不远，可以散步过去。大阪梅田古书街的书店很不错，你们应当去逛逛。若在八月中旬来，还能赶上下鸭神社的纳凉古本祭。不过那是体会风情胜于挑书的盛会，若目的主要在搜书，那么赶不上也不必遗憾。上旬东京有七夕古本拍卖大会，看图录颇有几种手稿及和刻本感兴趣，可惜经济困窘，也无精力，就未作深想。

书店之外，也想推荐你们去博物馆和美术馆。你们来时，京都国立博物馆虽然没有很好的特展，但常设展也可一观，附近还可以去三十三间堂。清水寺、高台寺附近一向人满为患，但既是初来，我也不忍心说"千万别去"。若是有风的黄昏，从二年坂、三年坂散步北行，路过圆山公园、八坂神社，再走到知恩院、青莲院，会感受到不同街区全然迥异的气氛。再走几步便是平安神宫，这几年建成了流行文化高地，广场上经常有名目繁多的活动。若你们脚力好，不妨走一走，鹿之谷的泉屋博古馆也很好。累了可以去路边任何一家咖啡馆，我觉得那里才是深蕴京都市民文化的隐秘圣地。

想推荐的寺院有太多，这几处很希望你们去：永观堂，因为王国维的缘故；法然院，因为可以拜访内藤、河上肇、谷崎润一郎、滨田耕作等人的墓；金戒光明寺，因为想和你们去看

八月中的下鸭纳凉古本祭

那座古琴碑。本能寺新址也应去，因为有浦上玉堂父子的墓。那对面是竹苞楼和鸠居堂，往南走是闹市，往北走是寺町通一段清净的街区，芸草堂、香雪轩、纸司柿本、志满家、清课堂都在那里，还有年轻的众星堂，和刻本医书很多。梨木神社早不复当年的样子，甚至建了一座公寓。庐山寺我还没有进去过，走到最北端，可以去相国寺。若你们能分一两天给奈良就更好了，去法隆寺与唐招提寺吧，我最爱的两处。奈良町老街也有几家旧书店，不知逛完寺庙是否来得及去看。

　　跟你说这些，难免有些怅惘。一来觉得这里比起从前，发生了许多变化。二来觉得年光徒逝，我没有得到更多知识，无法与你分享更多。仿佛一直只是浮潜，无力深潜，双耳剧痛，不能去往更深邃幽微、也充满危险与奇迹的秘境。知道问题的所在又不能作出改变，大概最为沮丧。期待见面，匆匆。

松如

2018 年 7 月 16 日

法然院内藤湖南夫妇墓

法然院河上肇夫妇墓

法然院谷崎润一郎墓

法然院滨田耕作墓

秋夜忆南山城

嘉庐君：

　　见信好。与你们在京都相聚、作别，竟已过去整整一月。前日此地遭遇数十年一遇的猛烈台风，原想听着山中风雨与你写信，不料后来山里有巨木折断，暴风骇人，房屋震颤，对面人家屋瓦也被掀翻，遂不敢掉以轻心，小心躲在屋内，等待风雨过去。次日收拾阳台，查看灾情，腾不开手，信又拖延了几天。

　　台风那日，手边刚好有肥田路美氏所著《净琉璃寺与南山城之寺》，是三十多年前的通俗书。书中除净琉璃寺之外，还写了岩船寺、海住山寺、蟹满寺三处。而今年四月中，刚与从周去过南山城。彼处交通不便，辗转各寺之间，最好是打车。我们紧赶慢赶，一天之内还是只来得及去了净琉璃寺与海住山寺。当日就想写信与你讲南山城的见闻，却未想从仲春迁延到了眼下的秋初。

　　那是温煦恬美的晴天，恰好是新笋的时节。上午出门，还

町田甲一企画　肥田路美著

浄瑠璃寺と南山城の寺

日本の古寺美術18
保育社

肥田路美《浄瑠璃寺と南山城の寺》（保育社，1987年）封面

在途中的二手店买了一只小书架，嘱咐店里晚上送到家。之后搭近铁线至奈良，再转去加茂方向的公交车。车里望出去，渐渐全是绿野，还有绵延不尽的竹林，很像江南的景致。

路上见不到人影，车内乘客也只剩下我们二人。从周总担心我们是不是坐错了车，我看手机地图，倒是没错。他犹怀疑，张望车内贴着的路线图。这时看到司机青年在车内后视镜对我们点头致意："你们是要去哪里？"我答："净琉璃寺。"青年笑着安慰道："还有一阵呢，到了跟你们说。"

于是便安心看窗外的风景，原上间错着一方方嫩绿或新耕的水田。车行在盘绕的山间公路，速度较为和缓，因而能看清尚未翻耕的田野里留着的稻梗。田野里一簇簇开着鹅黄的野花，也许是蒲公英，也许是毛茛、苦荬菜，或者黄堇，还有成片的紫云英。远山绿意层叠，深绿的是松、杉、樟树之类，从萌黄过度至薄荷绿的是竹林。山樱烂漫地开着，还有迟迟不曾发芽的树木，也不知名字。更远的群山笼着春天常见的薄薄的雾气，与淡云点缀的浅琉璃色青天呼应。

车在路边一个小站停下，青年非常详细地为我们指路，说穿过眼前那片竹林，可以走上公路，一直走下去，差不多半个小时就能到了。还有一趟一小时一班、直达寺门口的公交，若你们半路遇上，就随时招手，那个车随叫随停的。

我们穿行在林间，遇到一种叫上沟樱的蔷薇科落叶高木，仿佛茸茸穗子的总状花序正开满白色五瓣小花。它们在初夏，会结或红或紫、樱桃一般的小果子，据说很美味，还可以泡酒。在群马、新潟等地，会取刚结青色小果实的一段枝子食用，叫做"杏仁子"，据说是因为味道类似杏仁。或腌渍，或炸天妇罗，超市亦有售卖。

　　不多久，果然走出竹林，到了大路。路边开满棣棠，还有零星早开的藤花。出门匆忙，没来得及买水与食物，总觉得路上能遇到便利店。再不济，几年前来时，还记得路边不时有无人看管的小木柜，挂着洋葱、土豆、黄瓜、番茄之类的新鲜蔬菜，旁置收钱的小竹筒，不过一两百块一样。我安慰从周："买点番茄与黄瓜总能解渴。"他道不妙："现在的季节，这才刚刚种下去吧。"果然一路什么吃的都没有遇到。倒是路旁竹林有刚刚被挖掉的笋的痕迹，切口还非常新鲜，忍不住伸手去摸渗出的汁液，看起来非常美味，可惜并不能上去吃。如今读肥田老师的书，原来几十年前路边就有这样无人看管的小柜子，她大约是秋天去的，见到的是柿子和芋头。

　　离净琉璃寺还有三四公里的地方，道旁渐渐出现零散的小石佛，便是很有名的当尾石佛群的一部分——当尾是此处地名，山间多花岗岩，镰仓时代至室町时代，京都名匠多至此开凿佛

林间盛开的上沟樱

像，据说也有来自中国明州、曾参加过镰仓时代初期东大寺重建的石工。这一带的小石佛被聚集在树林里，以地藏尊为多，皆执锡杖，体量不大，每一尊跟前都供奉着清水、烛台与花束，与我们平常在京都市内寺庙见到的风景很不一样。

这时忽而看到远处蜿蜒山道上徐徐驶来公交车，虽然地图显示净琉璃寺不过在一公里之外，但还是招手上了车。下车后遇到第一家店，叫"塔尾茶屋"。从周一见有吃的，连连说先吃饱再看寺。

那茶屋的店铺宽阔且宁静，高处挂着不少净琉璃寺佛像的照片，似乎是入江泰吉的作品。挨着厨房的木墙上挂着很旧的圆钟，此外贴着净琉璃的佛像海报或日历。窗口订着一排手写菜单，有山药饭、山药荞麦面、山菜荞麦面之类，朴素的昭和风情，定价不高。我做主点了"塔尾定食"与"山药饭定食"。店里只有老板娘一人，很利索地端了凉茶上来，笑眯眯跟我讲，两份定食里都有刚煮的新笋，正是从附近山里掘来。我听了非常馋，仿佛方才途中遇到的刚被挖掉的笋，是来了这家厨房。

不久发现厨房后门口蹲了两只猫，从周对它们喵喵叫，老板娘大概也见惯了喜欢猫的客人，笑说："我们这里猫特别多。以前还有猫咪，会把客人一路带到寺庙。都说是寺庙的引路猫，像小童子似的。"她从冰箱取出一段竹轮，让从周喂猫。从周掰

去往净琉璃寺途中所见当尾石佛群

一小截抛给猫，有一只黑白花的很胆大，敏捷地扑上来夺走了食物，眼神精明且凶悍。后面一只狸花猫畏畏缩缩，想是惯被欺负的。从周又掰一截试图送到狸花猫跟前，但它连连退得更远，黑白花颇不耐，一脸"难道不都是给我吃吗"的神色。最后一段竹轮，大半都被黑白花得了。后来门外又探头探脑出现一只暹罗猫，老板娘也给我一根竹轮。我努力想分得公平些，尽量接近弱小的猫咪，终于让狸花猫多吃了几口。暹罗猫似乎更警觉，大概几只猫彼此关系不大好。

店里后来只剩我们两个食客，老板娘非常和气，一直同我们聊天。食物上来后，我们也不再逗猫。新煮的笋与花菇放一碟，柔软甘甜，山药饭也异常美味，我们吃得很快乐。老板娘问我从哪里来，我说从市内来。想了想又告诉她，对面的是我的丈夫，从北京来。

老板娘似乎不能相信似的："呀，你都结婚啦？这可真好……北京？哇！"她的赞叹让我觉得自己多说的几句也不算唐突。我说，这里的笋真好吃。她点头笑道："这边山里到处是笋——对了，刚煮好的笋饭，你们要不要带点回家？"又挪出一大桶煮熟的笋，"这些放在冰箱里，能吃很久。"

我犹豫了一瞬，很痛快地说："想要！"对于旁人好意馈赠的食物，我都不会推辞。她很高兴，满满盛了两大盒笋饭："这个你们今晚和明天可以各吃一顿。"又装了一大塑料袋水煮笋，"这些回去泡在水里，放冰箱，可以慢慢吃。这是山里阿姨的礼物。"像去走了趟亲戚，就这样得到了一大堆笋。

旁边的从周很惶恐，小声问我是不是多给点钱比较好。我说不用，这是阿姨喜欢我们，觉得高兴。礼物并不能用钱来算。后来小声教他现学了一段日语："感谢您的款待，非常美味。谢谢您的竹笋，我们还会再来，也欢迎您来北京玩。"他拼命记了，结账时努力说给阿姨听，对方笑个不停。

这在京都市内恐怕是不可能经历的情形，市区的人们见多了外国人，避之不及，已经没有余力维持淳朴的人情。

穿过寺前一段两旁种满马醉木的窄窄的小路，便到了净琉璃寺北门前。进门后，面前是一方清池，左侧（东面）是三重塔，塔下的高山杜鹃正在盛花期。这三重塔原是治承二年(1178)九月二十日从京都一条大宫某座寺庙拆卸、重组而成。

三重塔对面，隔着一汪池水的便是安置了九尊阿弥陀如来像的本堂。这种隔水而建的佛堂，很像你们这次去平等院时见到的、隔着池水的凤凰堂的立意。"若欲至心生西方者，先当观于一丈六像在池水上"，是基于《观无量寿经》而有的阿弥陀信仰，是对西方阿弥陀佛净土之向往。但净琉璃寺之名却是源自药师如来（药师琉璃光如来）的愿力所成佛国土——东方净琉

国际日本文化中心藏《拾遗都名所图会》卷四净琉璃寺

隔水望去的净琉璃寺本堂

净琉璃寺三重塔

璃世界。

据寺内所传《净琉璃寺流记事》记载，净琉璃寺创建于永承二年（1047）七月十八日，当时是后冷泉天皇的时代，创建者是奈良地区的僧人与本地小豪族，因此最初规模很小。据嘉承二年（1107）记载："正月十一日丙戌奉移于本佛药师如来等西堂了。"这是寺庙本尊原为药师如来的明证。这尊药师如来坐像今藏三重塔内，只有正月、春分秋分前后开扉，我们并没有赶上。嘉承二年新建本堂内，供奉着新的本尊。而当时总供养导师迎接房经源为奈良兴福寺僧人，是虔诚的阿弥陀信徒，因此推测此时新供奉的本尊由原先的药师佛变为如今的阿弥陀如来像。不过嘉承二年新建的本堂之后又经历搬迁，才如今我们见到的，池水西岸阔九间、深一间的庑殿顶木构建筑。池畔枫叶新萌，菖蒲刚刚抽出嫩叶，婆娑掩映着池水中本堂清澄的倒影。林间飞过的乌鸦叫得很悠闲，隐约听见远山的回声。

散步至本堂前，纸门紧闭，要从北侧入口买票，再自本堂后廊绕至南侧，打开一扇纸门，便可入堂。堂内灯火幽暗，须弥坛上供奉着巨大的九尊木造漆箔阿弥陀如来像。佛殿不算宽阔，因而似乎离佛像十分近，气氛极庄严。中尊佛像高两米有余，结来迎印，其余胁侍佛体量稍小，皆结弥陀定印。这九尊佛像的依据是《观无量寿经》中的九品往生之说，即云据修行者的智慧功德，在往生之际，分上品、中品、下品，每品又分上中下三生，共九品。修建九体阿弥陀堂在平安时代曾盛极一时，但完好无损保存至今的，也只有净琉璃寺的佛堂与九体佛了。

据说是大正年间的事，当时净琉璃寺大修，偶然于九尊佛像胎内发现了摺印佛纸。样式有两种，皆为阿弥陀像，结定印，二重圆相光背，坐莲华座。一为横四段纵三列的十二体佛像；另一种纵横十段十列，为百体一版。前者莲华座为仰莲并覆莲。后者莲华座为一重覆莲。原本都卷得极紧，取出后纸张膨胀变形，再也无法收回胎内，只好满满堆在寺内一间厢房内。不久逐渐流入古董、旧书市，寺内竟至一纸无存，直到1957年才有信众购回两种，寄赠寺内。这些印佛纸最初两三日元一张，很不稀奇。京都的版画家德力富吉郎就曾在河原町三条以南西侧一带的古董店收入许多。

1931年11月，内藤湖南曾致信罗振玉：

> 附古印佛一纸，系山城相乐郡净琉璃寺（前九百年创立，与弟居址不甚远）阿弥陀佛象胎内所出，与西域出土印佛酷肖，其时代偶亦相当，可谓奇矣。

而内藤于1933年4月《工艺》发表的《纸之话》中也从

净琉璃寺十二体摺印佛纸

早稻田图书馆中野幸一旧藏净琉璃寺百体一版摺印佛纸

纸张的角度谈到净琉璃寺的印佛纸：

> 我国所藏中国最古老的纸张，在正仓院圣语藏中亦可见。虽说敦煌或西域出土物中还能见到汉代的纸张，但在我国首先是六朝纸张为初见。写经专以麻纸、谷纸，除此之外，有宫内省及前田侯爵家藏王羲之揭本所用可见纸帘纵纹的纸张，有京都小川睦之辅博士家藏智永《千字文》所用纸张等等，有大量种类各异的纸。奈良时期，这类纸张自中国大量传入我国。其中最华丽的当属正仓院所藏光明皇后御书《杜家立成》及《王勃诗集》所用五色纸。这些纸张流传至今，滩（大阪地名）的嘉纳治兵卫氏所藏御堂关白道长的《愿经》用纸形式也与之完全相同。在朝鲜，晚近仍有这类五色纸流传。其余还有藤色洒砂纸，或所谓大圣武荼毘纸等各种各样的纸。敦煌出土的摺佛用纸质量算是下等，而国我南山城净琉璃寺的佛像胎内所出摺佛用纸属同时代，也是粗制的下等纸，这类纸张中有生纸，亦有粗制的麻纸。

全集本在文中附有"净琉璃寺所出印佛纸"及"敦煌出土

印佛纸"，前者为百体佛，不知送给罗振玉的是否为此种。不少研究书或解说书都不区分"印佛"和"摺佛"，但以净琉璃寺的这两种为例，十二体佛为捺印，百体佛以印版仰承纸墨，即"刷印"或"摺印"。虽然历史文献中也常常混用"印"和"摺"，但内田启一指出，今日为便于研究，理应对专有名词作出区分与规范。因此他明确指净琉璃寺的十二体佛为"印佛"，百体佛为"摺佛"。

净琉璃寺印佛纸存量极大，当时并不以为珍贵。特别是与敦煌文献中的捺印佛相比，净琉璃寺所出的确不算精品。不过后来也渐渐以"日本最早的印佛纸"而为人所知，价格也高了上去，战后市价乃至 2000 日元左右（约略相当于今日的二十万日元）一纸。四年前,京都国立博物馆举办"南山城古寺巡礼"展，曾展出净琉璃寺的两种印佛纸。同是四年前，大和文华馆举办过题为"连续、反复之美"的纹样展，也展出过这两种印佛纸。天理大学图书馆亦藏有二者之一的百体佛，因此在这里并不难邂逅它们。

那日还看到了净琉璃寺镰仓时代所造吉祥天立像，平时秘藏佛龛内，每年只有正月和春秋两季开扉。像高九十厘米，端立于莲台。黑发中分，顶有小髻，戴饰以宝珠、宝云的凤凰云纹璎珞冠，后有光背。面颊丰美，长眉细目，左手托宝珠，右

净琉璃寺镰仓时代所造吉祥天立像

手作施愿印。收藏吉祥天的佛龛外侧绘有竹雀图，内侧绘有诃梨帝母、坚牢地神、大辩才天、四天王、梵天、帝释天诸神，保存状态很好。吉祥天胎内亦有印佛，一体一印，共五十九纸，据云共千体之数。

看殿内告示，原来从今年夏天开始，就要由奈良国博文化财保存修理所对九体阿弥陀如来进行修复工作。每年将一至两尊佛像送至奈良国博，修复完成后再送回寺内交换，预计要花五年时间。看来下次要看全九体佛，要等五年之后了。因此流连再三，很快已过三点，最多只来得及再去一座寺庙。

犹豫之下，选择了不远不近的海住山寺，约在净琉璃寺以北八公里左右的山中。公共交通已不可能赶得上，便叫了一辆出租车。一路春光融融，饱赏我深爱的郊原与青山。隔着车窗，林间变幻的光线明明灭灭，像金丝轻触在身上，行过木津川，爬上一段漫长峻急的山坡，便是海住山寺了。

海住山寺据传创建于奈良时期，但在保延三年（1137）全被烧毁，之后由镰仓时代前期法相宗僧人贞庆重建、再兴，本尊为十一面观音像。寺庙山号为补陀落山，即观音所居之地，"海住山"的意思，据贞庆所云，是"安住普度众生的誓愿之海"。

境内有镰仓时期的国宝五重塔，是贞庆为安置舍利子所造，庄严华美。初层有副阶周匝（日文曰裳阶，即初层檐下又加一圈屋檐)。这种构造与你们这次在奈良见到的法隆寺五重塔颇为接近，而法隆寺五重塔的裳阶似为后世所添，海住山寺的则是建造之初便附有。拥有这样古老裳阶的五重塔，据说日本现存只有这一例。在日本寺庙，常见的是三重塔，之前我与你一起在真如堂、金戒光明寺见到的，都是三重塔。

此番前去，五重塔内部并不开放，只能瞻仰外观，在塔边远眺瓶原地区及蜿蜒的木津川。本堂是明治年间新建，本尊十一面观音像供奉其内。时近黄昏，本堂内招呼香客的是一位女子，与我们闲谈寺庙的历史与佛法。那天我们拎着印了一页奎章阁藏韩文标注蒙文《老乞大》的布包，女子微笑说从周："请问您是北京哪座寺庙的僧人吗？"他因为头发剪得太短，在这伽蓝众多的古都常被认作是和尚，实在有趣。我说不是，对方也往往露出遗憾的神色——因为古都的和尚大多富有。

寺内原本还有壁画《补陀落山净土图》、绢本彩绘《法华经曼荼罗图》，分别交给奈良国博、京都国博保存，倒是给寺里减轻了保存文物的负担。

黄昏下山，依然是叫了出租车，送我们至加茂电车站。路上看到"高丽寺迹"的路标，飞鸟时代自高句丽渡来的狛氏曾于木津川一带营构高丽寺，如今仅存遗址。1938 年以来，日本曾对高丽寺遗址做过三次挖掘考察，出土大量瓦当、平瓦。《日

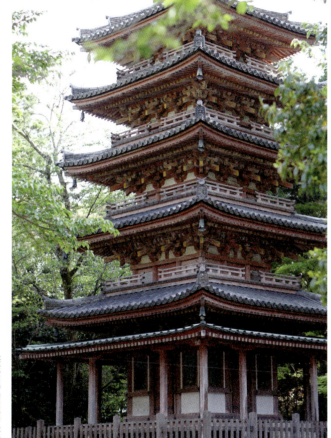

海住山寺的国宝五重塔

本书纪》卷十九载钦明天皇三十一年（570）春，高丽使者"辛苦风浪，迷失浦津，任水漂流，忽到着岸"，漂流至日本。诏曰"有司宜于山城国相乐郡起馆净治，厚相资养"。秋七月朔，高丽使者到近江，又渡过琵琶湖，经木津川来到南山城的高槻馆。这是倭国与高句丽正式建立国交的最早记载。

虽然旧寺早已烟消云散，但在遗址以西数十公里的山中，1978年又新建了一座高丽寺，属韩国曹溪宗所有，交通十分不便。在网上见过照片，是一座纯粹的韩国风格的禅寺。我们都知道京都自古以来有不少渡海而至的中国僧人，但恐怕对这座韩国寺庙非常陌生，颇想找机会探访。

没想到一封信写得这么漫长，近来总是疲于奔命，记录与回顾日常，常常往后搁置。你从京都回去，还没有仔细听你的见闻。眼下气温虽不算低，山里却已有秋意，胡枝子、秋明菊、地榆都开了，是最惹人秋怀的几种植物。前些天在北京，请你想了不少秋天的句子，写在新版《岁时记》上。在白露那日，都已寄给读者。你的那册，等我下次回去时，写春天的句子吧。此刻夜月已被云遮住。匆匆，期盼来信。

松如

白露后三日

岁末得书

嘉庐君：

　　见信好。元旦假期过去，转眼又近月末。总归是诸事迟滞，也没有怎么读书。上周收到"あがたの森書房"寄来的目录，本期书目不少都在我的兴趣之内。但由于经济困顿，只能选择小部头。看中了浙江书局本《汉艺文志考证》，即浙局《玉海》本，凡十卷二册。约好今天下午去取书，书很干净漂亮，应该重新装订过，保留着原来的封面。上册卷末封面内还有"上海二马路／千顷堂发行"的朱文签条，"定价"栏用苏州码子标着"50"，说明了此书的来历。当然，像这样的书籍，不一定就是当年日本学者在上海购得，也可能是通过日本书店邮购，或者是后来流入日本。

　　"あがたの森書房"去年新设事务所，离我家非常近，店主百濑先生也常常会去学校图书馆借书。他的目录已编到第五号，本期有近五百种图书，其中书志学、目录学占了很大的比例。

浙江书局本《汉艺文志考证》封面

漢藝文志攷證卷一

浚儀王應麟伯厚甫

藝文

秦燔滅文章

大事記始皇三十四年焚書非博士官所職天下敢有藏詩書百家語者悉詣守尉雜燒之東萊呂氏曰所燒者天下之書博士官所職固自若也蕭何獨收圖籍而遺此惜哉國無書簡之文以法為教無先王之語以吏為事郎李斯之類也

漢興大收篇籍

浙江书局本《汉艺文志考证》上册卷末封面内还有「上海二马路千顷堂发行」的朱文签条，「定价」栏用苏州码子标着「50」

譬如这期有一批民国时期琉璃厂书肆的书目，来薰阁最多，还有文殿阁、文奎堂、邃雅斋、通学斋、修绠堂、松筠阁、抱经堂等等，都是与日本来往密切的书店。特别是来薰阁，吉川幸次郎留学北京时代，最常去买书，与店主陈济川保持深厚的友谊。"他是琉璃厂几十家旧书店当中的一位新人。在很少与日本人做生意的年代，他积极与日本人做朋友。他也来过两次日本，在东京、京都、名古屋办过即卖会……民国初年，年轻的新思想家们刚当上北大教授的时候，其他书店谁都不搭理他们，勇敢地和他们打交道的，也是他。与此相关联，之前旧书店从来不关心戏曲小说类书籍，而他却热心搜罗。不论中国还是日本，中国口语文学研究者们受他恩惠的不在少数。"（吉川幸次郎《来薰阁琴书店——琉璃厂杂记》）这些书店在吉川的回忆录里都曾出现过。

虽然也用过国图、线装书局陆续出的《中国近代古籍出版发行史料丛刊》，但很少见到这些目录的实物。我到店里先取了自己要的书，便提出想看看这些书目。百濑先生欣然同意，从架上搬来，其中来薰阁的几本还附有日文公告，足见陈氏当年积极开拓海外市场的热情。目录往往请知名学者题签，比如《三友堂书目》（第二期）是陈垣所题，《松筠阁国学书目》是陶希圣所书，《修绠堂书目第五期》是傅增湘的字。逐一翻过，深觉有趣。百濑说自己其实并不太懂当时中日两国书籍交流的情况，对琉璃厂书肆也不甚了然，但收书的时候凭直觉认为这些目录非常有意思，就买下了，也不知道有没有人要。"现在订单还没来。"我问他能否拆开分册卖，他说再等一阵，倘若没有人一下子买走的话，我可以先去挑一遍，剩下的再单独售卖。这叫真是邻人之便了。

我问他本期书目为何书志学一类的书籍居多，他说这以后应该是他主要的收书方向之一，我很高兴。他又拿了几种新收的满文资料给我看，有一种道光二十年满汉合璧《六部成语》写本，一种光绪年间的满汉合璧奏折稿本。最有趣是一册《满文辞典》，记录了许多俗语和拟声词，如"叩头声"、"啐人声"、"呕吐声"、"饿肚声"之类，非常有趣，或许是哪位满语研究者的旧藏。

还见到光绪二十一年活字本《时事新编》六卷六册，开本窄小，封面与书函满是激愤感慨，最耐人寻味。此外有不少经部、集部的和刻本，如延享二年（1745）翻刻明世德堂刊本《荀子》，有荻生徂徕、播磨清绚序，是日本最早翻刻的《荀子》，国立国会图书馆有狩谷棭斋批校本。

看书的愉快时光转瞬即逝，告辞回家。趁着还在得书的悦乐里，匆匆与你作书。山中皎皎月华，流泻眼前。昨日还从

說苑

荀子卷第十六

見之行、不聞之謀、君子慎之

之行、不聞之謀、謂在幽隱、人所不聞見者、君

不似此篇之意、恐誤在此耳

不能贊之辭、君子慎之、此三句

故君子慎其獨也、說苑作無類之說、不剟

行不贊之辭、

不親、恐懼乎其所不聞、莫見乎隱、莫顯乎微

于尤當戒慎、不可忽也、中庸曰、戒慎乎其所

之考驗者也、不言無

稽之言、不

見之行、不聞之謀、君子慎之、

物不能動、故能重己而役物、自有

無稽之言、不

嘗試已、下皆論知道不知道也、

知道則欲、平愉則心、平愉則欲、惡有節

樂少、夫是之謂重己役物、

矣、以是無貪利之心、如以天下之私

其和樂少矣、權則爲天下、必多爲己之

丁丑正月望以家藏宋本比校　狩谷望之

日本国立国会图书馆藏狩谷掖斋手校，延享二年（一七四五）葛
西市郎兵卫刊《荀子》，第七册卷末有狩谷识语：「丁丑（1817
年）正月望以家藏宋本比校　狩谷望之。」

五十岚书店购得傅芸子著文求堂本《白川集》，狩野直喜题写书名，青木正儿、周作人作序，蔚然可观。如今我在京都所待的年月已与傅芸子相当，真想知道他在京都的更多信息。本周末计划去东京看颜真卿展览，记得从前与你说去东博看王羲之展，转眼已过去四年。下周末将回通，很期待相聚，在那之前能有来信也是最好。

松如

戊戌大寒后三日

己亥年

己　亥　年
二○一九年

梅雨薰风翻书页

嘉庐君：

　　转眼一年过半矣。一直想着写信，却从年初迁延至今。此岁本地梅雨来得迟，6 月 26 日始入梅，气象厅云为 1951 年来最迟者。周末终日雨翳翳，阳台绿意深浓，是我最喜爱的时节。回想四月中从周来此，同游洛西；四月末与省吾游南郊高丽寺遗址、恭仁京遗址、笠置寺等地；五月初逛书市——皆有同你分享的趣闻，却因论文、琐事等故，任凭光阴飞逝，如今只能写眼下的事了。

　　两周前收到"あがたの森書房"最新号目录，颇见佳书。有今西龙旧藏朝鲜本《佛说大报父母恩重经》，很漂亮，奈何价昂。求古楼重刊《御注孝经》亦美，不过我对孝经类文献不甚感兴趣。明治以来，日本民间藏书家很喜爱搜罗《孝经》、《论语》类珍善本，因体量较小，内容也熟悉。譬如涩泽荣一就曾有论语文库，其主体部分今藏东京都立图书馆。

给百濑写信，订下《足利学校见闻记》、《扶桑骊唱集》、《煮药漫抄》，并《松筠阁国学书目》（陶希圣题签）、《文殿阁新旧书目》（第二期）、《修绠堂书目》（第五期，傅增湘题签）等。其中《文殿阁新旧书目》内附有文殿阁主人王殿馨的一纸日文广告，是考察近代中日书籍流通的好材料。约了本周三上午登门取书，不料去得略早，竟是主人百濑周平的父亲开门，老人家请我先去书房。不多时周平过来，他家年事已高的爱犬静卧在侧。周平同我讨论近日收书主旨，称多受阿部隆一影响。云自己最初是从 100 日元、200 日元极普通的书买起，点滴积累，终于可以买些稍贵的书，凭兴趣与感觉走到今日。我预定的书当中，《煮药漫抄》已被立命馆芳村弘道老师购去，云为此期目录最早订走的一册。曾在书市见过芳村老师领着学生买书的情景，较为古典的一幕。叶炜的书原不在我搜集范围之内，但周作人曾有过两册《煮药漫抄》，黄裳也曾说自己买到这小书，"非常高兴"，难免受到诱惑。且比起《扶桑骊唱集》，更感兴趣的是这一册。幸好古本屋恰有一册《煮药漫抄》，遂下单，以合原先的计划。周平说，日本学者对这类中日交流主题的书籍很感兴趣，他曾收到过一些，都是很快就被买走了。

聊天时谈到竹苞楼二代主人所作《宋本鉴定杂记》，周平也熟知此书，只是没有见过原本。我说京大附图与西尾岩濑文

あがたの森書房 古書目録

第六号
令和元年六月

《あがたの森書房　古書目録》第六号，2019 年 6 月

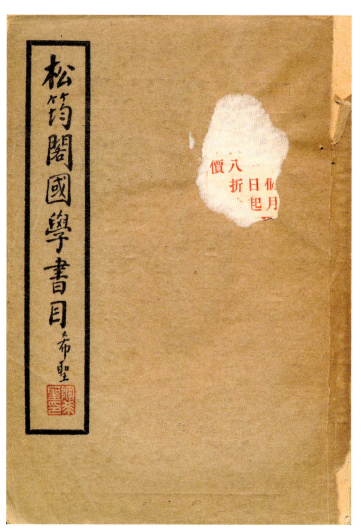

松筠閣國學書目

希聖

本月
一日起
八折
價

《松筠阁国学书目》、陶希圣题签

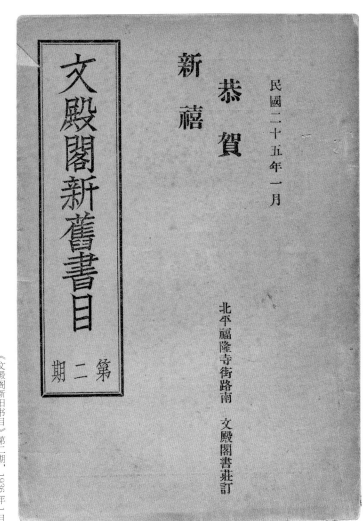

文殿閣新舊書目　第二期

恭賀　新禧

民國二十五年一月

北平福隆寺街路南　文殿閣書莊訂

は指定欄に御書き込みなきこと)、又は日本銀行紙幣・朝鮮銀行紙幣(臺灣銀行紙幣は御斷り)等封入の價格表記等、何れにても御便宜の方法を御選び下されたい。到著時すぐ兩換の上、もし剩餘生すれば、同兩換率にて再換算し、日本郵便切手にて御戻し、その都度〜清算します

(六)御屆け申せし古書で、御氣に召さゝる折は、二箇月內に御返送下されば(御返送料は貴方持ち、御希望によりて、他書との交換又は代金の送返に應じます。御書き込みありしもの又た新刊書の御返送は御斷り申します

(七)新古書は凡て精査の上無落丁のものを御屆けすることに努めますけれ共、萬一落丁御發見の折は、新刊書はすぐ御返戻下さらば御取換してあげます。木板古書は、他本より補充或は補寫してあげます

(八)御屆けする書籍は、凡て第四種書留便(一ト包銀貳角參分又はその以內)を利用します。但し日本郵便局にては、折々內容檢閱の上、風俗又は治安に妨害ありと認むるものを沒收すること有りますので、その場合は、敝店に於て未著の責に任じません

(九)唐製古書は、一二冊もの以外は、必ず帙入にして御屆けしますけれ共、一二冊もの、古書又は新刊書には、帙入りでないものが、かなり多くあります。新に帙入りとする折には、帙一箇につき、銀二角又は二角五分宛別に申受けます。又た小口書きを要する折は、百字につき、銀二角の割で書き料を申受けます

(十)始めて御問合せ又は御注文下さる折は、御姓名・住所を明瞭に御認め下されたい

最近の金銀兩換率は金一圓が約銀九角四五分位

恭賀新禧

昨年十月第一回書目發刊後、多大の御賞讚を博し、續々御注文に接しましたのは、誠に難有い仕合せで、茲に厚く御禮申上げます。その後仕入れられましたものは、僅か數百種に過ぎませんけれ共、第二回書目として貴覽に供することに致しました。御氣に召すものの有りましたらば、何卒御注文下さるやうに願ひします。尚ほ敝店で持合せなきものでも、當地の同業者と密接な聯絡をしてゐますので、極力御便利を計ります。今回は、割引ありませんから不惡御諒承願ひます

中華民國二十五年一月元旦

文殿閣書莊　王殿馨　淨霞謹白

中華民國、北平、隆福寺街路南

（一）古書類は一部限りのもの多い上に、紙質や印刷や良否・板の種類によつて、値段を異にしますから、御注文前に、一應御問合せ下されたい。早速送料や金銀換算概率と共に詳しく御知らせ申上げ、現品を一箇月留め置き、御注文を待ちます。但し新刊洋綴書は大抵留め置くことできません

（二）御問合せの際は、書名や著者のみでなく、御希望をも御書き添へ下されたい。殊に洋綴書の場合には、必ず出版元をも御附記して頂きたい。出版元不明の爲め、滿足に御知らせできないこと有ります。日本人の御方々には、御不便と存しますけれ共、金

（三）書價は凡て銀洋勘定で有ります。銀兩換率が日々變動して預測できませんので、已むを得ません

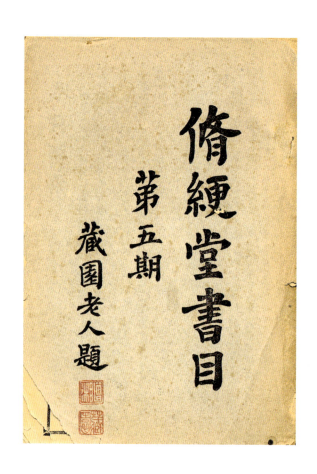

《修绠堂书目》第五期，1937 年，傅增湘题签

光绪十七年（1891）金陵刊《煮药漫抄》二卷封面

光绪十七年（1891）刊《扶桑骊唱集》一卷封面

库各藏一本，均尝过眼，亦有复制，闲来正录入整理。他说自己素与竹苞楼第八代主人英一相交亲厚，经常一起参加拍卖会。英一父亲春英曾赠他《若竹集》，令人羡慕。这是六代主人春隆七十岁生日时印行的资料集，凡二百部，坊间少见流传。春隆当日确曾有制作《宋本鉴定杂记》的计划，但老辈学者凋零，年轻一代也难有此闲情与经费。甚至春英父子都不太清楚该资料的详情。询问周平从何而得《宋本鉴定杂记》的信息，其云阿部隆一《文馆词林考》一文有所记述。回来一看，果见文中写道：

> 此前与桥本经亮同行，往胜福寺观《文馆词林》，佐佐木春行亦在手记中留有关于本书的贵重记录。公开图书馆尚不发达的江户时代，能经手各种图书的，正是书店主人，因此书店主人多有留下关于书志学的著作。春行的《宋本鉴定杂记》《古籍鉴定书目》可称业界书志著述中第一。前者最早论及阙笔避讳，是鉴定宋板刊刻年代必用之法。后者关于多年经眼的古籍，摹写或钞写卷首题跋、刊记、奥书等，亦记录书籍形态。在《古籍鉴定书目》中，即有关于《文馆词林》的著录。

周平也未见过《古籍鉴定书目》，而阿部隆一文中有所引用，不知所据何本，应再作查考。看周平架上所列参考书，与我书架许多重合，难怪趣味相近。欢谈至近午，又得知周平数年前收得一批原天理大学天理图书馆司书金子和正的旧藏，几乎全为书志学一类的资料。我知道金子先生，是因为曾经读到他介绍天理图书馆藏纪州藩旧藏《七经孟子考文》副本的短文。此前听说金子先生年高病弱，也不知近况如何。

俞樾所作叶炜墓志铭中，有"卖书画以自给"等语，是说他1880年二度赴日时的情形。叶氏前次访日，是在1874年受日本驻上海领事馆推荐，担任东京外国语学校汉语科教师，1876年返国。查诸《朝日新闻》，果见1880年间有数则广告及报道，其一云："清国人叶松石、郭少泉，右两君（六月）八日入住敝店。应有志诸君所望作书画也。"落款"府下川口自由亭"。自由亭是大阪最早的洋式酒店，创业于明治元年（1868）。川口在今大阪市西区，原为外国人居留地，曾为各国旅日人士侨居之所。郭少泉为书画家，以墨兰张门户，但也不甚有名。一云："先年来我国传墨客之名，支那浙西叶松石与郭少泉两氏，前日投宿当地川口自由亭，应挥毫之需。"（6月17日）又一云："清国人叶松石氏近顷投宿川口自由亭，该氏善书画诗文，其中墨梅尤妙，乞者日多。"（8月10日）

在 1881 年由大阪柏原政治郎出版的《梦鸥呓语》中，叶松石序云："光绪六年（1880）庚辰夏秋之间，炜避暑浪华江之自由亭。"山口藩士福原公亮所作跋文云："今兹庚辰暑月，余偶访松石叶君于其寓自由亭。时满堂惟闻酣睡之声，齁齁焉。君凭几著书，如不知炎热为何物者。余因问曰，众人皆睡，君独兀兀著书，何勤勉也？君笑曰，余亦在于黑甜乡里而为呓语者也。"而此书能出版，多赖藤泽南岳出力。藤泽是大阪泊园书院主人，在关西一带人脉极广。而《梦鸥呓语》面世之际，叶松石已患咯血之疾，《煮药漫抄》正是养病时辑录旧作而得。序云"就医葛野郡，既而还大阪，养疴自由亭"，葛野郡是旧地名，主要是京都北区、西部的大片区域，战前已基本合并入各区。明治十年（1877），为收治西南战争的伤病，大阪、京都等地纷纷开设医院，是为日本红十字社的肇始。而这一年，在京都葛野郡宇多野村法藏寺内也开设了府立避病院，即今仁和寺附近。而葛野郡一带的名医也不在少数。叶松石去葛野郡看病，大约正因为此。

1876 年归国前夕，叶氏曾游至京都，访客辞别。本地文人墨客于鸭川、岚山的酒楼为叶氏饯别，《扶桑骊唱集》中多有歌咏。譬如叶氏《西京杂诗》之一："结伴来寻晚景妍，四条桥下万灯然（注：跨鸭河有一二三四条桥，山水涸时，沙际多设

《朝日新闻》1880年所刊叶松石广告

右両君去ル八日ヨリ
弊店ニ止宿シ
有志ノ諸君望ニ應シ
書畫寫認メ致
候條四方ノ諸賢受願アッテ陸續御
來車アランコナ乞

清國人
葉松石
廓少泉

府下川口
自由亭

《朝日新闻》1903年3月21日东京朝刊所刊叶松石讣闻

院致會所、博覽會島根縣事務所等にて渡す

◎清國葉松石氏歿す　明治九年我外國語學校の
教師として二ケ年間在留せし嘉興人松石氏は西蹄
後上海及び蘇州に在りしが去る九日死去せり遺
稿とも云ふべき扶桑驪唱集（我邦大家の詩文あり）
及び炎蘂漫鈔と稱する書三百部永坂石埭氏の許へ
縱に十数口前到着し神田三崎町の嗚早書院にて一
部（二冊）五十錢にて發賣す

席鬻茶酒瓜果纳凉，夜市盛于日中）。模糊醉眼浑难辨，祇当河中开火莲。"正与今日鸭川沿岸风景相若。而席上留诗者还有张红兰，即你一向关心的梁川星岩之妻梁川红兰。当时星岩去世已近廿载，红兰也年过七旬，故而诗云"喧传上国降名贤，衰朽何图与绮筵"。叶氏亦有《答红兰老姬》，"久耳梁门德曜贤，肯携黎杖莅斯筵"云云。作诗酬唱的交游方式，自然早不复见。近来日本标记中国人名，多以假名转译拼音，不用汉字，以求趋近本国发音。我不甚赞成这种做法，倒不是执着于所谓"汉字文化圈"，而是认为，明明都认识汉字，何必为了强调彼此的不同而摒弃旧习、创造新的障碍？

叶氏寓居大阪两年，后拟赴东京而计未成，不久返沪。关于其晚年经历多有不明处，大约由俞樾所作墓志铭可推知一二。今检《朝日新闻》，见 1903 年 3 月 21 日东京朝刊有讣闻一则，似未见他处提及，略译云："清国叶松石氏殁。嘉兴人松石氏于明治九年以我国外语学校教师身份在留二年，西归后居于上海、苏州，本月九日死去。遗稿有《扶桑骊唱集》（有我邦大家诗文）及《煮药漫抄》，书三百部，十数日前方至永坂石埭氏处。神田三崎町鸣皋书院发卖，一部（二册）五十钱。"3 月 9 日去世，正是俞樾墓志铭中所云"二十九年二月丙申以疾卒"。两部书均刊于光绪十七年（1891）。永坂石埭（1845-1924）是活跃于明治、大正年间的医师、书法家、汉诗人，曾在东京神田开设医院玉池仙馆，《扶桑骊唱集》中有他和老师森春涛的留别诗。叶松石称其"诗学西昆，为东国之秀"（《煮药漫抄》卷下）。鸣皋书院是明治年间的出版社，主人上村才六也是汉诗人，号买剑，曾出版杂志《少国民》、《言文一致》。既然这两种书曾有三百部在东京发卖，那么我买到的两册，应该也是当初鸣皋书院所售者。拉杂未有新知，匆匆奉上，盼来书。

松如

己亥小暑前六日，绿雨满窗

宁乐之游

嘉庐君：

　　见信好。此刻在摇晃的电车内给你写信。很久没有这样做了，因为太忙碌，过去半年几乎没有离开过京都。之前金泽文库、静嘉堂、斯道文库等五处有典籍联展。原想去看看，然而单看公开目录，似也不值得特别去趟东京。这样的展览显然更多考虑到近年来中国人对日藏汉籍的兴趣，就像正仓院展也吸引越来越多的中国访客一样，尽管相关研究似乎没有相应的进展。

　　去年去足利学校有主题为"年号"的典籍展，布展简单，解说粗糙，来场的本地人并不知什么是版刻，更不知什么是宋版五经正义，连工作人员也不太清楚，因为他们都是本地公务员，并非相关领域出身。足利学校虽是官方认定的文化遗产，但足利市旅游业很不发达，市内人口减少，酒店入住率也很低，为了典籍来此旅行的，恐怕少之又少。今年四月新年号公布之前，足利学校原想借此东风再办个年号展——以为必出自中国典籍，岂料杀出个"令和"，只好慌慌张张找出江户时代《万叶集》和刻本做主题展，谈不上版本价值，但比宋版五经正义恐怕受欢迎多了。这便是如今中国文化在日本接受程度的真实反映，我们大可不必自作多情。

最近从周来此度假，不料赶上京都的酷暑，每日只在家中吹空调而已。老师和友人推荐去和歌山南部的白浜，又或京都北部日本海沿岸，都可以看海。然而人近中年，已不愿为了旅行起大早；杂事缠身，也没有在外优游数日的闲暇。就这样度过一周，渠归期将近，想着今天无论如何都要同他去什么地方看看。查了一番路线，翻来覆去看地图，仓敷太远，书写山圆教寺交通不便，琵琶湖前些日才去过。在丧气说"要不继续在家吹空调"之前，果断选择去奈良。之前渠向我抱怨过好几回，说还没给有见过奈良的鹿。虽然他那年初次来日本，便带他去看过我很喜爱的法隆寺。

奈良町的样子与我记忆中的萧条冷落已大不一样，街中游客极多，药局门口的年轻姑娘举着广告牌，机械重复着生硬的汉语，若不仔细听，根本不知她说的是店内的打折信息。各处参观门口都摆着醒目的外文招牌。走出车站不多远，从周就如愿看到了鹿。奈良似乎比京都略微凉快些，但烈日下的鹿粪还是散发出惊人的气味。好在我充分提醒过从周这一点，他也不以为怪。穿过人潮，拒绝了人力车夫的热情招徕，决定带他去附近的国立博物馆避暑。奈良国博的佛像收藏一向有名，有不少飞鸟时代的造像，保留着朝鲜半岛的鲜明特色。新馆内的特展主题是佛教中的动物，选材很好，解说及布展都算可爱，并有亲子互动的空间，是典型的暑期主题，因而到处是儿童与家长。这里聚集的游客也极多，想起年初颜真卿展的波折，如今早已风平浪静。

博物馆外的草坪上照例有许多鹿，有一头个性非凡，忽而跳进养着锦鲤的浅池取凉。一位年轻游客到池边，蹲下来喂它鹿饼。鹿美丽慧黠的眼睛，在烈日下微微眯着。从周看了很久，我也庆幸奈良的鹿终于给他留下了好印象。

想着别处热门景点大约人也极多，遂决定去春日山以南的白毫寺。路途倒不远，穿过春日山，途经新药师寺，路过入江泰吉纪念馆，看到遍布胡枝子的山坡，就到了山门前。那段覆满胡枝子柔条的石阶常常出现在奈良寺庙的宣传画中，可惜现在还不是萩花的季节。寺内清寂无人，树荫下散落着小石佛，花圃里仍有桔梗花。宝物殿陈列的阿弥陀如来坐像、地藏菩萨立像之外，还有别处较少见的阎魔王坐像及太山王坐像。日本佛教将阎魔王视为地藏菩萨的化身，有司

奈良国立博物馆门前，水中纳凉的鹿

白毫寺门前布满胡枝子的山道

录及司命在侧，属于十王信仰的范畴。过去旧历七月一日又称阎魔赛日，是地狱开门的日子，也是盂兰盆节的开始，叫做"釜盖朔日"。如今日本各地仍有许多传说，譬如地狱大门已开，不可靠近河湖海岸，免被饿鬼拖走。不论中国还是日本，都市里的年轻人对这些旧俗总不甚了然，我所了解的，也不过是书中的记载、记忆中模糊的场面，以及在此地所见的异域风物。在昏暗殿内受香火供养的佛像，与之前在博物馆展柜中见到的很不同，即便没有信仰，也不便东张西望，如在博物馆中时那样凑近观察。

回去路上，穿过春日山的密林，忽见一头幼鹿在斑驳余晖中飞奔而过，转瞬隐遁不见。再走几步，便是热闹的景区，那里卧着惯见游人的鹿群，属于它们的夜晚就要降临，方才的小鹿似乎是通往异境的信使。仿佛窥破了什么秘密，我急忙拉着从周赶路，冲上回京都的电车，写完以上的话，匆忙寄给你。

松如

己亥七夕，京都与奈良往返途中

白毫寺境内的石佛

白毫寺境内花圃里仍有桔梗花

怀人书

嘉庐君：

　　接到你来信时，刚回到满是虫鸣的山里。的确，我们每次见面都很匆忙，最悠然从容的山中婚礼，也是两年前的事了，虽然回想起来还如昨日。从周母亲屡屡建议我再去山里小住，固然向往，但无论如何都很难有空暇。仿佛被困在不同的时空，一切都陷入停滞。

　　昨日忽在赵鹏先生处惊闻海门张謇研究会高广丰会长病逝的消息，深感无常。当年武上老师想要联系他，也是通过你得到高老师的邮箱地址。如今武上老师也离世两年，对于没有信仰的人而言，面对人世种种别离，更觉虚无。

　　翻检邮件，2014 年 10 月 23 日，曾向高老师发去邮件：

　　　　上周，与我校人文科学研究所的武上真理子老师闲谈时得知，贵研究会曾于 2008 年联系过大阪爱珠幼稚园园长，说想请对方谈谈园内所藏张謇书法。不过园长不懂中文，此事遂不了了之。但园长家族世代都把张謇这幅字看得极重，珍爱守护，还是想把其间的故事传达到中国，尤其是曾经联系过他们的张謇研究会。他们对贵研究会也充满歉疚，特别想说一声对不起。武上老师专门研究孙文，爱珠幼稚园辗转找到她，问她能否帮忙联系贵研究会……便联系了南通《江海晚报》的朋友严晓星先生，请他代为联络。您的联系方式，便是从严先生处得知。

次日便收到他的覆信：

武上老师是我 2008 年 8 月在上海参加孙中山《建国方略》国际学术研讨会时认识的，后来我主持筹备第五届张謇国际学术研讨会，曾与她联系，请她代为邀请日本学者，并了解日本的有关情况。她曾为此做了很多工作，我一直心存感激……那一年，我通过中国史学会会长张海鹏先生请到了日本的学者田中比吕志先生，据说他是年轻一代有成就的张謇研究学者。张海鹏先生是那一届研讨会组委会的主任。日本的另一位学者是城山智子，她曾是南京大学的博士生，那时她正在英国。1903年张謇东游日本使张謇的政治思想产生了一个飞跃，我们一直对张謇的这段史事有很浓厚的兴趣。苦于远隔重洋，很难做点什么……我和您还是老乡。我也是南通通州人，老家在竹行，60年进通中读高中，后来到南京上大学，只是学的是后来没用的德国语言文学，算是个历史的误会。

信中所说的田中比吕志是东京学艺大学的老师，近年似不再研究张謇，而是关注山西村落的宗族社会。城山老师在东大经济学研究科工作，早已是日本中国史研究领域的中坚学者，也常来这边研究所的研究班，近年主要从经济史视角进行地域史研究。

那之后不久，爱珠幼稚园前任院长松村纪代子女士就将张謇当日留下的"成人在始"匾额高清照片发给武上老师，再由我转致高老师。2015年初，松村女士寄来一册爱珠幼稚园的130周年画册，嘱我转交高老师。三月初回通，与高老师约了四日在海门见面。翻到当天日记：

3月4日（水）阴、多云，6-1℃

上午九点四十，张謇研究会高广丰老师、周张菊等来通州接我去海门。同游常乐镇张謇纪念馆，常乐镇老街，颐生酿造厂。又去张謇研究会，获赠大量会刊及若干书籍。四时许回通州。

当天拍的许多照片，帮我还原了日记中不曾记录的细节。张謇纪念馆修得宽敞漂亮，虽然陈列展品少原件而多复制品，但布展详略得当，并不潦草。纪念馆园内设有回廊，壁上镌有张謇书法、联语。当时印象很深的是那幅"坚苦自立，忠实不欺"，曰"光绪二十九年四月朔日开校，以是二语勖勉诸生，亦即生平强勉自厉之所在也。揭书于堂，以为校训"，是有名的通州民立师范学校校训。此八字不仅是张謇一生事业的注脚，在我看来亦合本地民风。若是资源更丰富、文教更兴盛的地区，恐怕不太会特别强调"坚苦自立"。

纪念馆不远处是天主教耶稣圣心堂，当日高老师在园内指我看树丛掩映中的十字架，说做弥撒时会听见悦耳的音乐。天主教传入海门甚早，海门教区如今也是本省四个正式教区之一。1926年，罗马教廷任命通海总铎朱开敏神父为国籍主教之一，并设立海门宗座代牧区，管辖崇明、海门、南通、如皋、泰兴、靖江六县教务（不久启东立县，成立总铎区，亦属海门教区管

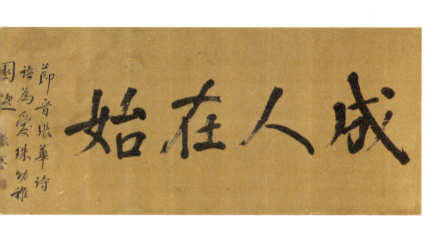

大阪爱珠幼稚园藏张謇书匾额"成人在始"

辖）。1927年春，朱开敏主教在耶稣圣心堂行就职典礼。随后的1929年，为培养本地神职人员，在附近兴建主教公署及主心修院。1931年，朱开敏在崇明大公所开创"婴德女修会"，据1940年《圣心报》载，"婴德修会创立以来，已历九年，今有发终身愿者十三，发期愿者二十，第二年初学者五，第一年初学者六，共计修女四十四。该会管理的事业，计完全小学二，经言学校四，安老院——广仁院——一，内有老人四十，育婴堂三，工厂二"。而金沙并无此历史，仅有新教教堂，读高中时没少去学校附近的那座小教堂散步。一向知道海门虽距金沙不远，但风俗殊异；而有关海门天主教的往事，若非那日高老师提点，恐怕到现在也茫然无知。

当日午后，高老师、周张菊等人陪伴，同游海门老街。住户似已不多，很冷清，不少老屋近于朽坏，露出梁架结构剖面骨架。檐头垂下结满果子的仙人掌，尚有人居住的院落里挂满腊肉、风鸡、香肠，也有温驯胆怯的小狗走来走去。有墙上刷着"藥店"二字，廊下可见"樂壽堂藥材"的匾额旧迹，大概是从前街上的老字号。虽说萧条，却比城里新建的仿古建筑可爱许多。我幼时曾也住过类似的老街，连同我家旧屋，早在二十多年前消失殆尽。本地新建的民居大多谈不上什么审美，特别是与江南典雅的民居相比，十多年前与姗姗搭乘慢车去南京途中，已感慨过这点。

日记里所说的会刊、书籍，后来都带到日本，交给了武上老师。2017年10月，武上老师突然去世后，听说家属在处理藏书，这些资料大概也难免散落在外。此后与高老师又邮件联系过几次，2016年1月中，高老师来信云："不知不觉地又一个学期即将结束。暑假没能见到你，春节呢？"而你知道，这些年来，我假期多在北京。每番回通，总是匆匆来去，拖延懒惰，再没有去过海门。更抱歉的是，2016年2月下旬，高老师又来书云："但从内心说，我们确想能够与你聚一聚，听听你从外面带来的新信息。能否这样：你在金沙期间，约一个时间我们去金沙，小聚一下，只用一顿饭的时间？"而我竟也未能空出时间，总想着下次回来专门拜访，岂料永无再见之日。

2017年秋，武上老师急病辞世，给我带来莫大震撼。转年才将此消息告诉周张菊，她说，高老师也极痛惜武上老师的离去。又云高老师做了白内障手术，心想大约不方便看手机或电脑屏幕，便以"不多打扰"的私心，那之后竟未再给他写过邮件。

高老师勤于写作，曾读过他不少情绪深挚的怀人文章。在他悼念大学同学的文章里，提到自己古稀之后的身体状况："我自2011年9月摔伤致腰椎间盘突出发作，冒险忍痛行银针术治疗历半年不效，加之血糖居高不下，皮疹久治未愈，种种痛苦集于一身。"皮疹一事，那年见面时也听他提及，因为当时我说起自己难缠的过敏。我与高老师相识既晚，相聚仅一次，此数年间疏于音问，总想着今人比古人长寿，忽略了"古稀"的本义。你长我一轮，所经历的离去比我更多，这样的萧条寂寞之感，必然比我更痛切。还没有来得及了解高老师人生的更多，譬如他最早给我信中所言"只是学的是后来没用的德国语言文学，算是个历史的误会"所指为何，我也不太清楚。但便是这样短暂的往来，已对他的宽厚、率直、通达留下深刻印象。也正因为此，眼下心中才满是愧疚与惋惜。昔日松村女士曾以"桥梁"这一中日交流中常见的嘉语称我，然而"桥梁"两端我所认识的这两位老师，却均已成故人。他们在 2008 年见过一面，如今在另一个世界重逢了么？

日色已暮，书窗外仍是那两株沉默的松树。时间仿佛不是直线般流逝，过去的人与事远远近近。在我的感觉中，似乎不以时间顺序严格排列，有的隔着万重山，有的就在跟前，真是奇妙的感觉。"愁肠重结，太息不已。叹人生迷离曲折多歧路。"秋气渐深，望多加珍摄，如果有来信更好。

松如

2019 年 9 月 3 日

庚
子
年

庚　子　年
二〇二〇年

非常时期

嘉庐君：

　　见信好。太久没有回信，去年夏天的短暂相聚已很遥远，匆匆来去，许多话没有说完。自12月初交掉博论以来，原有许多事可记，在韩国的一周旅行也充满愉快的回忆。孰料世间变故如此，在震惊中屡屡消耗精力。还没有来得及整理、消化眼下发生的事，就有无数新事涌来。

　　正如此前所说，原计划与从周春节回通，当时父母想着去何处旅行，也想着与你重逢。流行的疫病中断了我们的计划，虽也自认为对坏的结果有足够的预想，但每天刷新的信息令我十分痛苦。有痛苦的余力，自然很奢侈，因此无论如何都应打起精神，给你写完这封信。

　　2012年春转入文学院，在选择未来研究课题时，最先想到的是法制史一类理所当然的"交叉学科"。而那年冬天，身边有一位师兄因感染肺结核而入住隔离病栋，我曾充当递送书籍等物资的信使，去过几回隔离病栋。穿过层层封锁，全副武装，隔着玻璃门探视。后来也被区政府的保健所叫去接受健康检查，拍胸片、抽血，跟踪检测凡一年。这番经历直接唤起我对医疗社会史研究的兴趣，人们如何认识疾病，新旧医疗观念如何冲突又如何塑造人们的生活——也不管这在日本中国史学界其实是比较冷门的领域。在国内虽算新潮流，却也一直受到"碎片研究"、"追热点"、"赶时髦"之类的批判。从硕士班到博士班，与这个题目周旋了七年。阅读史料的过程中，理解从前的人们面对疾病的恐惧与沮丧，以及各种消极或积极的应对之法。由于细菌学与现代医学的发展，人们对疾病的认识有了根本改变。解救受病菌侵蚀的病人，被比喻作解救受外侮折磨的国族；个体抵御病菌，也等于为国族作了贡献。政府与各种社会团体发起名目繁多的卫生运动，用这套个人与国族关系的话语唤起人们的注意，但罹患疾病的患者的体验与这套话语之间其实有相当的距离，他们遭受的痛苦分散且多样，并非统一在某种集体叙事之下。而不同政治环境下对疾病的阐释、采取的防治措施及之后对整个故事的叙述也各有不同。

今日下午，收到香织父母电话，他们担心我回国过春节而不能顺利返校,担心我的家人,又担心我受到什么差别对待。"有什么一定同我们说，我们是你在异国的家人，会保护你。"这是普通人的善意，"山川异域，风月同天"，近来常被引用的句子。虽不知能照亮多少黑暗，却也要写下来告诉你。夜已深，山中静寂，信便写到此处，请多多珍重。

松如

庚子正月初七

春蔬之味

嘉庐君：

　　展信平安。昨日起，京都也进入了"紧急事态宣言"的范围。我不问世事，照例过着没有口罩的生活，亦不愿清早去药局前排队等待。据说常有排很久队而最终买不到、甚至叱骂店员的情形，到底不愿目睹。去超市买菜，忽见门前立着"请都佩戴口罩"的牌子，结账柜台四周也都以塑料纸严实围拢，气氛紧张，急忙买了菜匆匆回家。

　　这个春天竟如此流逝了。韩语课已暂停月余，原本每周课后能在高岛屋地下超市买菜，是非常喜欢的消遣。好在邮路目前还通畅，前一阵忽而想念故乡春间的食物，凌晨两三点在网上寻觅芦蒿、蚕豆、慈姑等时蔬。芦蒿日文名"背高蓬"，即"个儿高的蓬蒿"，在日本属于归化植物，尚未被开发作蔬菜，网店也见不到。京都西郊的低洼湖泽也许有生长，但我并未去寻觅过。好在买到一种水芹，径呼"京芹"，是本地的小众蔬菜。于下京区西七条的湿地有栽培，通常当作味噌汤的调味蔬菜，又或是焯过凉拌。惜乎盛产豆腐的此地却没有豆腐干，虽然可以去中华料理店购买，但我主张的料理原则是出于懒惰的因地制宜，便拿超市常见的油豆腐同炒，滋味尚好。蚕豆不难得，在和歌山一家店里买了，说四月下旬才开始收获，定价比之前贵不少。超市里只有在元旦前后才见得到慈姑，此地亦只当煮在汤里的装饰，或者切片油炸，我常常不能满足。在网店找到广岛县福山市生产的慈姑，即将落市，便买了一公斤。收到后以带骨鸡肉炖煮，仿佛还原了遥远记忆中的味道。

怀旧情绪兴起，一时难以收束，又想到一种国内极寻常而此地超市罕见的蔬菜：丝瓜——也是你最不喜欢的蔬菜。只有九州地区与冲绳有所生产，并当中食用蔬菜。不少地方虽有种植，却仅是为了制作夏天遮阳的绿墙景观，或等丝瓜老了取丝瓜络用。学校教学楼附近常植冲绳苦瓜，也是为了夏季满墙绿意，所结苦瓜往往无人问津，我怕担擅取公产的罪名，虽年年动心，却也忍住没有下手，眼看苦瓜长成锦荔枝，做了鸟雀甜点。之前在校内偶遇管理植物的师傅森田博久氏，询问为何无人采摘那苦瓜。森田云，年轻一代长于城市，不熟悉蔬果，只有超市里的卖的才叫蔬菜，对于外面长的果子既无采摘欲望，也怕被人瞧着不雅观。

"那我可以摘么？"我问。

"你喜欢就随便啦。"

贝原益轩 1704 年刊刻的《菜谱》中卷"丝瓜"条云："二月初播种。一穴一颗，每日须浇粪水。其实老后去皮，取如网之部分日晒之，其后浸水中，洗去腐烂皮肉，干燥后可洗锅、器物等。不必他物，叮去物之污垢。沐浴之时，亦宜于洗身。嫩时去皮可食，此瓜疗病功能甚多，见诸《本草》，世人鲜知也。"在江户时代，"丝瓜一样的"不是好形容，"丝瓜一样的男人"是说愚蠢的男人，"丝瓜一样的女人"是说丑陋的女人。不过"丝瓜水"倒被认为是美人水，可治咳嗽。如今人们对它的印象多从正冈子规辞世之句而来，翻检各种汉诗集，暂未见歌咏。前日在竹冈书店买得铃木虎雄著《豹轩退休集》，收录豹轩先生晚年七千余首汉诗，所咏事物风俗极丰富，许多句子都很好，但未见他提及丝瓜，哪怕是 1945 年前后物资严重缺乏的时期。之前曾跟随研究班老师们在城内一家典雅的中华菜馆吃过一道炒蔬菜，当中见到了丝瓜与茭白，却只有几小块当作装饰，座中无人认识。记得十多年前的暑假在南通学日语，姗姗将她母亲做的丝瓜炒毛豆装在玻璃罐里带给我——我们都热爱丝瓜，除了你。真对不起，在这信里反复回忆你最不喜欢的蔬菜。

网购的冲绳丝瓜很快寄到，清炒、煮汤都好，足慰怀乡愁肠。

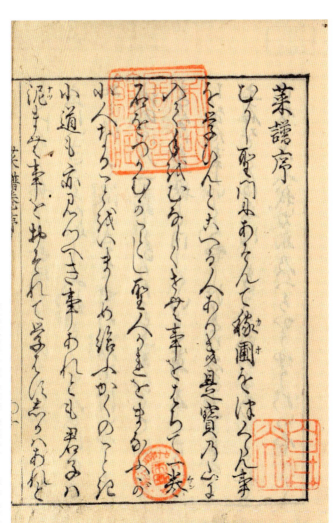

菜譜序

ひとつ聖門のみあらんて稼圃をはらんと事
と學ぶ人をこつる人ありとを是實乃ふま
れをせひむらしくをやと事とするらて一実
而をやりしめのっとし聖人のことをするもの
にハなりてと成いますめ道かくのことに
小道も亦見のべき事あれとも君子ハ
泥まされて學ぶにあらハあれと

国立国会図书馆藏贝原益轩《菜谱》（1714年）、卷首序

人见少华绘铃木虎雄晚年汉装像

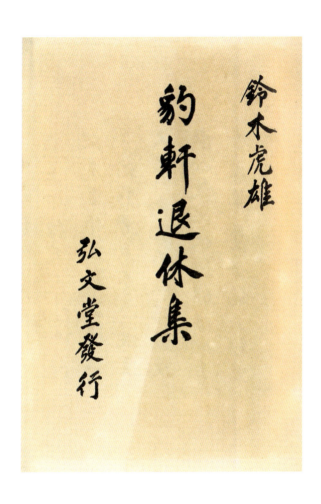

铃木（虎雄）先生喜寿纪念会编《豹轩退休集》，弘文堂，1956 年

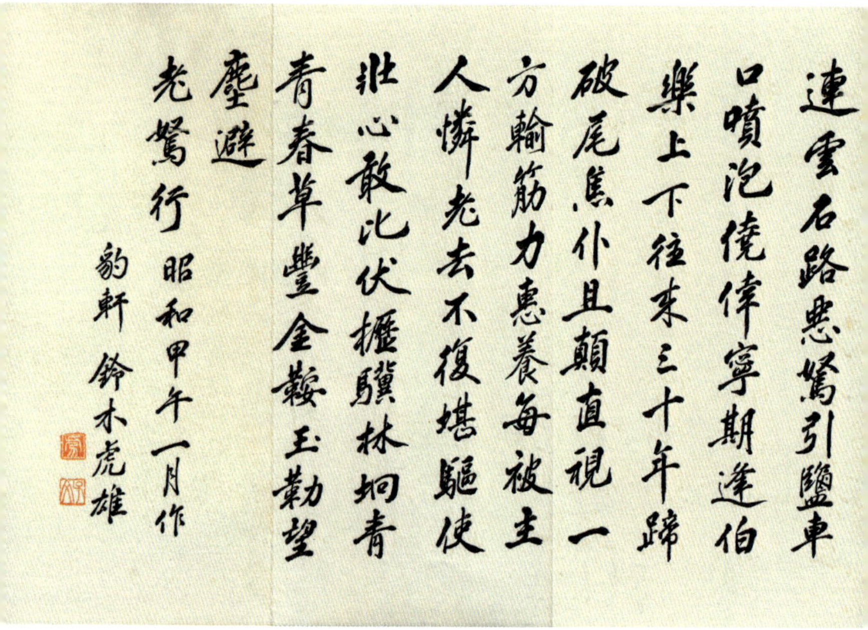

連雲石路惡駑引鹽車
口噴泡沫僥倖寧期逢伯
樂上下往來三十年蹄
破尾焦仆且顛直視一
方輪筋力惠養每被主
人憐老去不復堪驅使
壯心敢此伏櫪驥林坰青
青春草豐金覉玉勒望
塵避
老駑行 昭和甲午一月作
豹軒 鈴木虎雄

《豹轩退休集》卷首所载铃木虎雄书迹

押啓　寒氣嚴しき折柄愈々御清穆の段お慶び申上げます
豫て御賛同を得ました豹軒鈴木虎雄先生喜寿記念の爲同
先生退官以来の御吟詠七千余首を編印する事業は受業生
及び清社成蹊吟社淡社風月吟社別才社の有志事に従い豫
定より甚だ延引いたしましたが今般漸く出版を見ること
になりました　偏に御支援の賜と感謝に堪えないところ
でございます　記念事業の完了に当り謹んで御禮を申上
げます

敬　白

昭和三十一年二月二十八日

鈴米先生喜寿記念会
実行委員

石濱純太郎

入矢　義高	市原　亨吉
笠原　仲二	小川　環樹
倉田淳之助	木村　英一
鈴木　隆一	鹿内　健三
辻　　蒼石	田中　謙二
橋川　時雄	中田勇次郎
水野　平次	林　　雪光
渡邊　幸三	吉川幸次郎

様

铃木（虎雄）先生喜寿纪念会执行委员名单

跨国交流如此频繁的今日，异国蔬菜品种的传播与流行仍是非常偶然的事。某些曾经在江户时代就传入的蔬果，今日已然难见踪迹，譬如杨梅，日文叫做山桃。据说若干年前超市尚有售卖，而今全然消失。原因无外乎识者甚少，不受市场欢迎，下游果农很快放弃种植。

"你那边居然没有丝瓜吃？""原来你那儿也有蘘荷。"家人常有这样的惊叹。"原来中国也吃茗荷（蘘荷）！""原来中国也吃草饼（青团）！"身边日本友人也常这样感慨。而我也对这些问题常怀兴趣："这种植物（或食物）真的未曾传来日本么"、"何时传入"、"何时消亡"、"为何没有传入"、"为何消亡"。

友人库索每至春天便无比想念香椿，我查到京都本地有香椿存在，万福寺也有江户时代中国传入的几株，但此地全无摘芽食用的风习。据记载，吉田山也有香椿，但我仔细搜寻了几回，尚未在满山密林中认出香椿。贝原益轩《菜谱》卷下"椿"条云："近年自唐土传入。木叶均似漆树，长生。以落叶加羹汤之上，有香气。"而今春老，香椿芽早长成叶子，就算找到也来不及吃，真希望有院子能自己种一棵。

这一周就在家山蔬菜带来的慰藉中过去了，此外便是疲于准备各种在线课程，相当手忙脚乱，不知这"非常时期"还要持续多久。《豹轩退休集》1945 年 1 月有《艰食》诗三首，"萝菔半枚三日食，薄糜两次未曾瞋”、“菊芋掘来充夕蔬，柑皮茶叶亦无余”云云，我喜爱这饥饿贫乏中保有的诗心，应向前人学习贫穷且安乐的哲学。夜已深，暂写到此处，愿你一切都好。多么想念博物苑的牡丹与紫藤，这里牡丹已开，紫藤还要一番等待。

松如

庚子谷雨

莫名其妙结束的非常时期

嘉庐君：

　　见信好。此刻窗外雨声绵延，夜极静，是我最喜欢的天气。往往这时心中有纷杂的感想，若不记下来，随后便忘了，因而想到给你写信。之前此地气氛尚紧张时，曾在信里说这是"非常时期"。而如今，这"非常时期"已稀里糊涂地过去了：此地疫病流行似已平息，连日不见有新增病患，街市又逐渐恢复了生气。许多热闹的话题都自然消失，恐怕连本地人自己也觉得莫名其妙。不过放假久了，突然开始上班，心里很不情愿。因此不少学校索性打算秋天再开学，眼下这一学期就在线糊弄过去罢了。原以为天经地义的时节划分：开学、假期，就这样被打乱了秩序。我一向最怕与人接触，性情又懒惰，这闭户不出的几个月再逍遥不过。恐怕往后我的散漫会更心安理得。

　　近来有一位温厚善良的师长去世，读了一些怀人文章，心中颇不是滋味。但这些情绪若说出来，也不合适。有的人在外人看起来艰难又或不可理喻的环境里自得其乐、内心安宁，未必认为痛苦，更未必长怀委屈。他们劳动、思考，勤勉又温和地度过了一生，并不需要旁人居高临下地怜悯他们的"艰难"。如果真要记住他们，不如多买点他们写的书。近年见了不少人的离去，也见了他们离去后一些很不怎么样的追怀之作，真觉虚无。

这两三个月来，从未进过城，因为韩语班一直停课，城里许多店铺也都关门。亦不曾买书——家里积压的许多书都没有读完，因而竟存下一些钱。由奢入俭固然很难，但节俭若成了习惯，同样不容易改过来。之前看日本有电视节目，讲述年轻女子省钱的故事。说二十多岁大学毕业的女生，虽然在大都市大公司做着光鲜的白领，却十年如一日省吃俭用，每天只炒豆芽、煮一小团米饭，穿最便宜的衣服，每月省下工资的大半存起来，十年后得了一千万日元（约六十多万人民币），终于可以开始做些投资。"千万美人"，节目给她们起了这样的名号。"谈恋爱浪费时间浪费钱，结婚也浪费钱，所以不如自己攒钱。才三十岁就有人生第一笔大钱，以后的日子就有些自由。"节目里的女生说。我非常佩服她们十年如一日、近于禅僧修行般严苛的节俭大业。经济萧条、阶层固化的日本，赚钱途径有限，大多数人只能被公司剥削大半生。通过节俭积累财富虽然心酸，却也反映今日日本的实情。反过来想，有勇气和信心十年如一日地省钱，说明过去十年间，社会没有特别巨大的变化，也不是坏事。

今年阳台植物情况不好，碗莲土沤肥不彻底，似乎烧坏了莲根，现在还没有长出健康的立叶。大花栀子遭虫患，叶子落了大半，不知能不能活过来。只剩薄荷、大葱与小叶栀子还算精神。只是在这极狭窄的地方养一些最普通的植物，却也总感到负担，忧心自己漂泊的生涯不能照顾它们始终。羡慕你安定的阳台，那些美丽的月季可以长久地开放在你的窗前。

松如

闰四月初四

解封以后

嘉庐君：

　　展信平安。

　　此刻正在去往大阪的电车上，自六月初宣布解除"紧急事态"以来，周围环境已大有松动。许多学校为避免人群聚集，仍决定在线授课。我教的几间学校里，唯有一间护理大学迅速复课，眼下便是去上课的途中。这间护理大学主要有护理、营养学、儿童教育等专业，女生为多，毕业后大抵从事看护、营养师、幼教等职业，校训里写着"献身、勤勉"，并确实践行着这些准则，至少从复课速度来看是如此。教务处邮件说，现在正是护理从业者奇缺的时候，学生们的课程——特别是校内进行的实习课程不可耽误。中文课是选修，教学目标是"能够简单对话"，原本似无必要在教室进行，但为了养成学生们坚苦的品性，也统一要求去学校。

　　想来已有整整三月未曾离开家与学校所在的区域，更不曾使用公共交通工具。方才公交车上人不少，现在电车上也基本间隔坐满了人。夏初闷热天气，口罩已不大戴得住，但车厢内仅见一位青年露着脸——曾见新闻说，某乘客没有戴口罩而被斥责、甚至报警的事。可见戴口罩除了出于防病毒的自保，也是为让旁人放心的宣告。街中店铺大多仍关着门，有的挂出"招租"的牌子，生意大约已做不下去。许多铺面趁机装修，脚手架上挂着醒目的指示牌，要求工人们至少间隔两米劳动。车窗外掠过整齐的水田，秧苗不知何时已种下去。前些日散步至农学部，见稻田已收拾妥当，夜里在研究室能听见水田传来的响亮蛙鸣。街中不时能见到诸如"新冠退散"的符札，是今年独有的风景。

＊　　　　＊　　　　＊

没想到接下来写这封信，竟是一周后的同一时段，仍是在通勤电车内。这封信是不折不扣的"车中书"了。前日本地已入梅，据说与南通同步。昨夜有大雨，方才出门时雨仍未停，电车行过桂川，河流涨水，两岸与汀渚被碧树深草覆盖。车内人似比上一周更多，人们不再间隔一人落座，而是如常挨在一处。新闻说日本要逐渐对越南、泰国、澳大利亚等地开放入境许可，大概东亚三国互通是早晚的事。

过去数年，日本享用了不少旅游红利，因为利益丰润，不

农学部稻田已满水，夜晚传来清凉的蛙鸣

街中不时能见到诸如"新冠退散"的符札,是今年独有的风景

论本国人发出多少讽刺抗议的声音，人、物、金钱的流通都不会停止。这冷清的几个月，据说入境游客激减九成以上，旅游业及相关产业遭遇重创，这些新闻底下却多是幸灾乐祸："本来就不该大搞旅游业，现在活该了吧。"隔三差五也有些不怀好意的新闻，比如"没有游客的奈良小鹿，终于拉出了健康可爱的豆豆屎"，底下评论也满是对海外游客的控诉，什么从前常见外国游客喂小鹿吃巧克力，甚至塑料袋。我去过奈良多次，偶尔也目击过这样可厌的游客，可能这样的行为在本地人眼中更为刺激难忘。此类激烈言论，只要放到"本地人"与"外地人"的框架之下，就会出现。我没少做"外地人"，因而对"本地人"意识总是更为警惕。旺盛的旅游业曾给奈良带来不少生机，倘若游客彻底不来，小鹿也没有那么多鹿仙贝可吃。历史悠久的古都被彻底遗忘，本地人会不甘、失落；而若被游客惦记得太多，本地人又会觉得无礼的外来者打扰了原有的平静。世事无非如此。

＊　　　　＊　　　　＊

　　一番辗转，此刻已到了那间护理大学，正在休息室等待上课时间。窗外雨很大，绣球花开得很好。这所大学主要课程都与护理有关，此外开了英语、法语、韩语和中文这四门外文选修课，还有花道、茶道等"教养"一类的学科，绝大多数学生都是女生。

　　　　＊　　　　　＊　　　　　＊

　　续写此信，是夜里八点多回到家、收拾完毕后的事。从前师姐们曾传授上课经验，说如果有学生交头接耳，只要声音不比你的更大，就需要学会坦然无视；若声音盖过你，则要出言制止。这一班学生，目前倒没见说话，睡觉的总有几个。今天课上有会话环节，原想叫几个学生起来练习，不巧我点到的第一个学生就在睡觉。我比她更不好意思，但也不好说"你继续睡吧"，只当我没有提过这个方案，讪讪的自己念完了标准答案。看她后半节课上一直勉强支持，心里很过意不去。课后有几位羞涩的女生留下来问问题，有一位留得最久，后来一起走了一段。她说自己的家人也做护士，告诉她未来到日本看病的中国患者可能会不少，因此护理专业可能比较有前途。之前有老师担心，如此时世，我一个外国人，在课堂是否会遇到什么不愉快。万幸目前一切尚好。

　　世道艰难，不得清闲，知道你也很忙碌，请多加珍重。夜已深，困倦不堪，先写到此处，窗外雨似乎停了。盼你回信。

　　　　　　　　　　　　　　　　松如

　　　　　　　　　　　　　　　　庚子闰四月二十

车中闲语

嘉庐君：

接信平安，此刻又在外出上课的途中，紫薇与木槿已开了，雨时起时停。窗外稻田比上周更绿，颜色十分悦人。远处另一条线路恰也有电车驶过，并行了一段，消失于远方的群山。车内很拥挤，摇晃得也厉害，看不进书，便给你写信。

这两日豆瓣有一件新闻，一位书评人接到出版社营销编辑群发的新书信息，因为当中提到，若你对本书感兴趣，欢迎写评论，奉上新书云云。书评人勃然大怒，认为对方是要以一册不值钱的书换自己一篇宝贵的书评，遂激愤回信，大加讥讽，并将此对话公开。岂料豆瓣并非只是高等读书人的天下，艰辛工作的编辑更在多数，书评人的傲慢引起众怒，连带着他从前翻译的书也一起接受豆瓣"一星运动"的洗礼（当然此前被他攻击的营销编辑所做新书已提前遭遇了"一星"）。对方发邮件，不过是广撒网的策略；没有入网但对网充满愤慨的人，遂对撒

窗外稻田比上周更绿，颜色十分悦人。远处另一条线路恰也有电车驶过，并行了一段，
消失于远方的群山

网者发出巨鲸一般的震怒。

这是一件很小的事，其中浑浊的愤怒、激情与讽刺，我都很不认可，但也无力批评，值得倾注精力的事太多。我也收到过许多营销编辑的广告，若是自己感兴趣的，便点个"想读"；若是没兴趣，很多时候都不会回复。不过除非很熟悉的编辑，我都不会接受赠书。我爱书，认为它们应该去往更好的地方，若是喜欢，很乐意自己花钱购买。超市试吃的水果也只切出一小块，辛辛苦苦做出来的书，怎么忍心整本整本地让人赠送呢？不免为书和编辑感到心痛。

好些年前，暑假回家，时常收到诈骗电话或广告电话，我曾愤慨斥责对方："不要对我行骗！"挂断电话后从周劝我："你的愤怒太认真，对方只是例行打电话罢了，你既不上钩，电话挂了也就挂了。"

"对骗子，怎的这样理解与同情？"

"他行骗的手段，没有很恶劣，你轻易就识破了。他也是照着上头吩咐，一天必须打多少通电话，否则无法完成工作。况且有的还称不上骗子，只是推销罢了。你骂他骗子，又有什么益处？不过是因自己生活中遇到种种烦扰而愤怒，顺便倾泻到一个既与你不相干、又不会把你怎么样的陌生人头上。"

我记着这番话，时常警醒自己不要胡乱作怒。每回我出了书，编辑自然也有营销，送书给愿意写评论的人，求他们在豆瓣之类的地方给个好评。不少评论尽管全是夸赞，却大多是胡乱抄几句材料，摘几句引文罢了，的确不值得换稿费，得本赠书已差不多。不过书既出来，无论是以何种方式被传播、讨论，都不再与作者有关。

*　　　　*　　　　*

继续写这封信，已是上完课，在回京都的途中。下班的电车内极拥挤，被工作折磨整天的人顾不得感染病毒的危机，只是疲惫地挨在一处。这半年稀里糊涂地过去，也不知如何计划未来。上周回家路上遇着倾盆大雨，又遇着有人跳轨，电车停在半路，广播反复给尚且活着的但因此不能回家的夜归人道歉。许多人都痛恨在城市里自杀的行为，认为那"不负责任"，"要死悄悄死就好了，不要影响别人"。尽管我在车里也等得心焦，但总想着，不知是因为什么没有熬过去？心里很难过。等了很久也不见

梅雨时节，路上下学的中学生。与绝大多数大学不同，从保育园到高中，大都早早复校

好，司机就在半路某站停下，让乘客都下去。穿过漫长无人的街道回家，路过曾经极热闹的锦市场长街，不少铺面都贴着外文招牌，如今都用不着。有几家已贴着招租或转卖的告示。饿急了，想找个地方吃饭，看到雨里亮着灯的店铺就急急赶过去，然而不是已提前打烊，就是客满——最后进了一家空荡荡的海鲜连锁店。那几日三文鱼正备受警惕，我却顾不得，点了海鲜盖饭，大吃了一通。店里弥散着消毒水的气息，店主小心翼翼来回擦拭桌椅。我也很紧张，匆匆吃完，迅速离去，完全食不知味。

此刻车内有一对下学回家的幼儿园小朋友，小男孩先下车，小女孩隔着窗玻璃，朝站台上的小男孩挥手，大声说："山田君，再见！"车开动后，小女孩和小男孩各自都奔跑了一段，难舍难分地告别。多么可爱，明天就能见面的朋友，也这般珍重告别。不免对小女孩投去含着无尽爱意的目光。

忽而忆起，今天是端午节，课上忘记跟学生们说。冰箱冷冻层还有去年从周带来的稻香村粽子——热一热或许还能吃。但我多半还是让它们继续留在冷柜，作为"我也有粽子"的寄托。雨已停，快到站了，先写到这里，盼你来信。

松如

庚子端午

南腔北调

嘉庐君：

　　见信好。此刻又在上班途中。很理解你所说的喜欢开头而不喜欢结尾的心情，开头是新的，充满创造的激情；结尾常常充满疲惫与梦想破灭的遗憾。我也喜欢任意构想某个题目，但后面的执笔书写，乃至投稿、修改，真是磨人心性的苦役。一本书从成稿到成书，最快乐当然是完稿之际，后面的修改与确定种种细节，充满痛苦。我们都在这痛苦里消磨不确定的生命。

　　上学期快要结束了，尽管这几日各地又出现确诊人数的反弹，但街头戴口罩的人似乎少了些，还有和服盛装出行的少女，街市里流淌着祇园祭熟悉的乐曲。车也很多，时常拥堵。我的身体终于熟悉了眼下的工作周期：备课、网课、外出上课、改作业，属于自己的时间很少，一旦有暇就想睡觉，很难打起精神做别的事。我被这时间秩序奴役、支配，并常常为不能更好地利用时间感到羞惭。

街头戴口罩的人似乎少了些，还有和服盛装出行的少女，街市里流淌着祇园祭熟悉的乐曲

京都最近也多雨，但还没有听到什么雷声，因此夏天的氛围尚不浓厚。过去一个月，周六夜里都去友人省吾家教中文。他在横滨读书的大女儿朱里和已读高三的小女儿心叶上半年都在家上网课，度过了久违的全家团聚的生活。回想我们刚认识时，朱里才高三，光阴何速。教中文的提议是省吾发起，事实上之前他偶尔也会趁着与我见面的空档问我几句中文，朱里据说受我影响，在大学选修的二外也是中文。我在家闷得太久，也很乐意做这样的事，于是每到周六晚上，就被省吾接到家里一起吃饭，饭后教书。起先教材是省吾自己选定的会话书，教了几节，我认为编写得不好，总有些不伦不类的例句，遂从家里一堆朝日出版社寄来的样书里选了几册我觉得不错的，建议他们换教材，事情就这样定了。

　　我没有对外汉语教学的经验，也是边教边探索。朱里发音非常标准，问她老师是如何教，她说一个一个学生反复练习，直到老师点头认可为止。此前我在研究室汉语班纠正学弟发音，曾使他挫败落泪，这经历让我一直对自己的严苛保持警惕，对于不太准确的发音总是安慰说，没关系，我们中国人自己也有很多方言和口音。

　　为了展示中国方言的多样性，我可以提供南通话、重庆话，还连线从周，请他展示安庆方言与粤语，令省吾一家兴趣盎然。

疫病流行时期的祇园祭街景

我早习惯了关西腔，自己虽不会用方言固有词，但语调难免受到影响。有一回夜里，在路上遇到一位美丽的妇人，领着两位老年男子，上来问路。我留意到他们说的是极标准的日语，跟我早年在国内学日语时听的磁带一样，不免问他们是不是从东京来。她句子语尾常用"かしら"，这是表示推测、不确的语尾词，电影与旧小说里常见，我曾经在教科书里也学过，但自打来了京都，就全然没有听到过。后来才知，这是"か知らぬ"（未知确否）变化而来，曾经是东京地区常见的方言，明治之后渐成为女性专用语，但年纪稍大的男性仍有使用的。

　　美妇人举止优雅，微笑说他们住在千代田区。又温柔抱怨了一句，说京都的小路弯弯绕绕，太难找。千代田区！等于北京皇城根一带，江户时期是大名宅邸的聚集处，明治维新之后是政府机关用地、领馆区，如今也是地价一流的高尚住宅区。不过如今东京更有名的住宅区似乎是麻布、目黑、松涛等处，因为家里没有电视，这些信息所知甚少。不过和京都文化与古都风物强势关联不同，东京文化与江户文化存在很大区别，因为对于东京而言，江户是前朝旧事，明治时期在新朝得势的，许多也是外地人，因此你很少听到"老东京"之类的说法。

　　省吾一家听说我从前学的是连"かしら"都有的标准语教材，颇觉不可思议，也略不满道："我们关西方言可没有这个词。"

这大概与我看到汉语教材中频繁出现北方词汇时总忍不住要添一句"其实南方不这么说，也可以那么说"一样。

关于方言，还有一则有意思的小事。在我教他们后鼻音时，以日语中的鼻浊音为例，告诉他们就是接近那个"ng"的感觉。所谓鼻浊音，即日语が（ga）行假名在词语当中鼻音化的现象，譬如"学生"，日语读作"gakusei"，"学"读作本来的"gaku"；而"大学"中的"学"却应鼻浊音化，即读作"ngaku"。记得当初日语老师解释，说句中的鼻浊音化可使日文发音更为动听。我从未怀疑过这点，自己教别人日语时也照搬这条原则。但经省吾一家提醒，关西方言中并无这种"鼻浊音"现象，"大学"的"学"依然是读"gaku"。我很意外，仔细听，果然如此。不过京都方言中也有随意的鼻浊音现象，我对语言学没有研究，只能分享这些简单的耳闻。

在京都生活久了，当然觉得关西方言亲切可爱，偶尔听到东京腔，以为是在听新闻。外国人勉强说方言往往会被嘲笑，我语言能力很普通，因此也不会刻意学京都话。熟识的日本学者许多曾留学北京，自然学的是普通话。偶尔遇到曾经留学云南或广东等地的学者，一口南方普通话，可爱极了——尽管他们自己时常谦虚说口音太重。语言总在不断发生流动与变化，当地语言是如此，自己的语言同样也是。我离开南通多年，原

京都初夏的山色

本就说得不怎么样的金沙话早忘了大半——我知道，幼时惯听的祖父母的方言，也早随着他们的离去而邈远，我耳边记得的音调越来越稀少，真遗憾。

方才出了电车站，在商场地下超市买了现成的食物。因为马上打烊，大多有折扣。此刻公交车即将到站，我的车中来信也写到这里吧，盼你回信。天似乎又要下雨，这惆怅的七月。

松如

庚子蒲月十二

药用与饮食

嘉庐君：

　　展信平安。此地尚未出梅，刚刚过去的四连休一直在下雨。衣柜靠墙的一面发霉严重，好费一番收拾，不得不丢弃了一大袋衣物。今年真如堂没有虫拂节，夏天的祭典一概取消，失去了判断时令的基准，其实莲花与慈姑花均已开过。近来每至周日午后，都会去真如堂省吾一家工作的花屋小坐，又常常是冒着大雨。疫病流行，很少有人来扫墓，信众可以远程预约法会，单由僧人们举行。省吾一家因此比往年清闲很多，经常坐在廊下看山看雨。

　　一日我们谈到慈姑，说寺院中的盆栽观花叶的习俗可能来自大陆。翻到江户中期医师香川修德《一本堂药选续编》的慈姑条：

　　　　慈姑，即今恒蔬中之清品，煮食尤美。本草不言

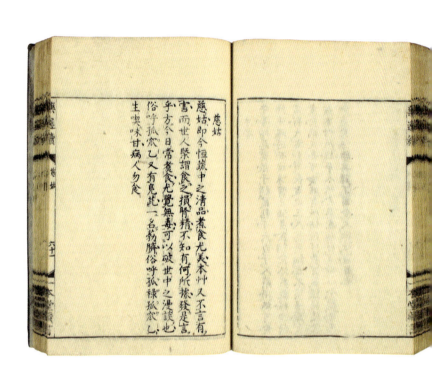

慈姑

慈姑即今恒蔬中之清品煮食尤美本艸又不言有
害而世人槩謂食之損腎精不知有何所據發是言
乎方今日常薦食尤覺無毒可以破世中之漫談也
俗呼孤宓乙又有見此一名㪍臍俗呼孤祿孤宓乙
生奧味甘病人勿食

早稻田大学藏香川修德著元文三年（1738）序刊本《一本堂药选续编》（京都：文泉堂）
慈姑条

真如堂的盆栽慈姑

有害，而世人概谓食之损肾精，不知有何所据发是言乎。方今日常煮食，尤觉无毒，可破世中之漫谈也。俗乎孤窊乙。又有凫茈，一名荸脐，俗呼孤禄孤窊已，生吃味甘，病人勿食。

"孤窊乙"即日文训读"クワイ"转写的汉字，也是如今日文中慈姑的叫法。另外也可知在江户中期，日本普遍认为慈姑于身体有害，而香川修德认为是无稽之谈。那么日本的慈姑有毒说究竟是何缘由？绪方惟胜《杏林内省录》卷四恰有针对香川此条的反驳，谓"青楼娼妓之辈与客交，肾精外漏染衣之时，急研慈姑贴其处，白痕即消失无迹。慈姑灭肾精，于此可推知也"，故而"慈姑明白为摄生家之忌品"。如此荒诞的说法，自不足取信，一般也无人知晓。不过慈姑在日本没有成为流行至今的蔬菜，倒是事实。

《一本堂药选》凡上中下三卷并续编，有不少记录日本名物风俗，很值得一读。如续编中的荞麦条：

荞麦面有精粗，粗者民家为饼煮食，或炙食。精者以水搜和为饼，用四尺方板撒面，置饼其上，以捍面棒手转抵挤，薄如厚纸，切作细丝，投热汤中煠过。

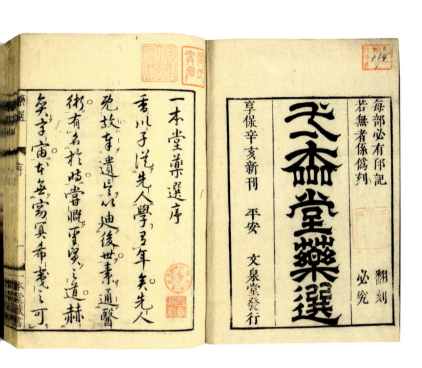

一本堂藥選序

香川子修先人學弓年矣先人
究故享遺旨以迪後世素通醫
術有名於時嘗概雲物之道赫
矣予宙古今家真希貴之可

毎部必有印記
若無者係偽刻

享保辛亥新刊　平安　文泉堂發行

一本堂藥選

糊刻
必究

早稲田大学蔵香川修徳著享保十六年刊本（1731）《一本堂药选》（京都：文泉堂）
封面、卷首

生萝卜汁和少豆油为酱食之，加以削细干铅锤鱼肉、
小葱、辣茄、炙味酱、生萝卜屑。僧家用紫菜、细剉
柚皮种种加料。俗呼速跋吉栗，嗜者至吃数十椀。

"速跋吉栗"即"そばきり"，今写作"蕎麦切り"。以萝卜泥、
酱油为蘸料，或加柚皮细丝的吃法，今日犹然，也是日本面食
中我最爱的一种。不过后文接着说，世人云吃荞麦面容易动疝，
吃后直入浴室，必至卒。香川修德认为，这是因为荞麦面易饱，
"若能节慎，则虽旦暮好食，何害之有"。饱食伤身，"乃是啖之
者之所谓，而决非此物之毒"，真是睿智持平之论。

又见乌鸦条：

> 乌鸦，俗呼葛剌斯，又呼发失蒲笃，寻常屋上哑
> 哑鸣者是也。取全者一匹，内土器中加盖，盐泥固济，
> 烧存性，为末，白汤服一钱，治目疾。

"葛剌斯"即"カラス"，日文乌鸦的读法；"发失蒲笃"即"ハ
シブト"，日文作"嘴太"，即"大嘴乌鸦"。原来乌鸦竟可食
用！网上说长野、茨城等地有吃乌鸦的传统，现在还有人打了
乌鸦烤食或煮咖喱，莫非"乌鸦炸酱面"并非凭空杜撰？京都

许多乌鸦，倒不见人打了吃。而伏见稻荷大社外却有卖炸麻雀串的——据说因为麻雀是害鸟，为了保护稻米，就将它们打了吃。幼时在山东也见过油炸麻雀串，不过我们都没有敢于尝试。

昨日又去真如堂，大家闲坐谈天。他们先说日本年轻人怕蟑螂，是无用的一代。我说蟑螂不可怕，因为有腿有壳，只当是普通昆虫。但我极怕蛇，而京都山里却不少，真是噩梦。省吾岳母、一美的母亲，我唤作奶奶的，说小时候自己身体孱弱，父母得了蛇肉偏方，医生说吃蛇可以强身健体。父母就请邻家男孩捉来蛇，以果饼点心为报。蛇杀死去皮，吊起来晾干，再烤熟磨粉，加芝麻、蜂蜜等服下。我听了十分刺激，大呼恐怖。奶奶如今八十多岁，说的应是1940年代前后的事，一美是1970年代生人，长于经济高速发展时期，彼时日本已是现代文明国家，这种吃法早已消失，因而也连连惊叹。一美父亲亦吃过蛇肉："但有一种独特的臭味，还是鳗鱼好吃。"我们笑作一团。

回家后翻看《一本堂药选》，在下卷找到了蝮蛇条，说有"破恶血、动真血"之效，"取活者杀之，剥去皮肠，洗净炙食。又有剥去皮肠日干者，为末，内炼药中用。又有入好酒中，蛇肉消烊尽，而后饮其酒"。晒干磨粉入药的偏方果然由来有自。写到此处，又不觉打了个寒战，真恐怖！

《一本堂药选》中还记载了各种动物的吃法，麻雀、鹿、兔、野猪、野鸭、鹤、鼠、鳖……是古人珍视的药物，也是难得的蛋白质。害怕蟑螂的幸福的年轻人，早已不需要这些知识。而我对这些细微的事总怀着兴趣，一则是想记录一些被现代文明人过滤掉的无用知识，一则也是为关注往昔与今日断续缥缈的联系。我时常后悔从前祖父母在世时没有多听取他们的旧话。"风俗"固然有极强的生命力，总是或隐或显地延续，但这到底是不断失去与不断重塑的过程，这消失与新增的部分，正是我最感兴趣的所在。

山里似乎又要下雨，今天应早些出门，便暂写到此处，盼你来信。

松如

荷月初七

古书店与藏书印

嘉庐君：

　　展信平安。前次来信还是八月中，不料拖延至今，也没有做成什么正事，开学又在眼前。打叠起与世界周旋的力气，比做事本身更艰难，是对身心无穷的消耗。书展一切顺利否？可惜今年不能同行。《春山好》终于做出来，但总觉得意兴寥落。做书越发艰难，海内皆如此。

　　之前曾与你说，三月以来丧失了买书的兴致。可惜好景不长，盛夏困居无聊，又开始买书。为回顾战前战后日本中国学研究的脉络，重点学习了仁井田升、岛田虔次几位学者的著作。硕学的诞生常在新资料爆发式增长、社会制度发生变革的时期，那之后漫长的平台期只能不断产生琐碎无聊的碎片。当然，这种后见之明式的感叹不过是为安慰自己不要因每日生产的碎片太过愧疚罢了。

　　今年春天，东京琳琅阁书店出现不少户川芳郎的旧藏汉籍，如汲古阁初印本《周礼注疏》，有圈点，钤"户川／芳"（朱文）印，卷末朱书"昭和四十八癸丑岁八月二十七日大阪户川芳郎藏之"，即 1973 年 8 月 27 日，他刚从御茶女子大学调往东大，大约正是得意时节。另有上海美华书局活字本《新约全书》(1863)、美华书馆活字本《旧约全书》(1864)，亦钤"户川／芳"藏印，美华书局、美华书院均为美华书馆别称。这几种书现均已售出，户川氏如今 89 岁，也到了处理藏书的时候。近来也买了一种，是乾隆五十三年（1788）刊邵氏家塾本邵晋涵《尔雅正义》，卷首钤"户川／芳"（朱）印。

另有若干藏书钤"金合／文库"、"小林／藏书"二印，这些年日本和国内古书市场均见到不少钤有此二印的书籍，东吴大学郭明芳近顷撰文考证，认为这是大阪万字屋书店主人小林秀雄的藏书（《谈日本"金合文库"》，《东海大学图书馆刊》第 44 期）。可惜郭氏考证的核心观点并未超出日本国立国会图书馆数年前在网上公开的调查细节，只能算撮要编译而已。其中最关键的论证环节也是国立国会图书馆早已指出的一点，即国会图书馆藏元和二年（1616）活字印本《长恨歌传》不仅有前述三印，并有"高木家藏"印，该印主人为昭和初年关西藏书家高木利太。据反町茂雄《古书肆回忆》第四卷介绍，高木旧藏归大阪"万字屋书店小林秀雄"所得，之后小林氏将高木旧

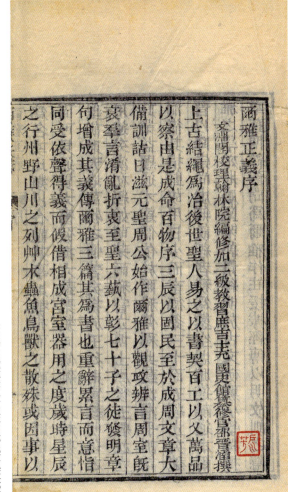

爾雅正義序

賜進閣校理翰林院編修加二級教習庶吉士　國史館纂修官邵晉涵撰

上古結繩爲治後世聖人易之以書契百工以乂萬品
以察由是成命百物序三辰以固民至於成周文章大
備訓詁日滋元聖周公始作爾雅以觀㕙辨言周室既
衰羣言淆亂折衷至聖六藝以彰七十子之徒發明章
句增成其義傳爾雅三篇其爲書也重辭累言而意怡
同受聲得義而假借相成宮室器用之度藏時星辰
之行州野山川之列艸木蟲魚鳥獸之散殊或因事以

《尔雅正义》，卷首钤「卢川芳」

卢川芳旧藏乾隆五十三年刊邵氏家塾本邵晋涵

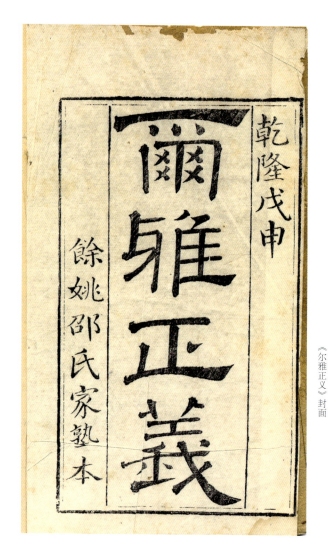

乾隆戊申

爾雅正義

餘姚邵氏家塾本

《尔雅正义》封面

户川芳旧藏乾隆五十三年刊邵氏家塾本邵晋涵

藏分别卖出，当中最主要的部分由天理图书馆所得，由此推断此二印与大阪万字屋书店有关。这一推断虽称合理，但尚有不稳处，如"金合"二字究竟何意，与万字屋主人之间有何关联？就目前市场及各图录所见钤有此二印的书籍而言，内容广泛，书籍形态也包括汉籍、和刻本、朝鲜本等等，不太能窥出藏书主人的蒐书方针。不过此二印是街头印房机器刻出的水准，毫无学者气或文人气，说是书店主人的钤印，倒也合理。

在经手书籍上钤印，确实是旧书店主人常见的行为，反町茂雄、田中庆太郎等人均有此习惯，不过他们是一代书肆豪杰，藏印都很精致。今阪急梅田古书街尚有万字屋书店的店面，或许直接询问现任店主可以更快得到答案。无论如何，我买到的光绪三年江西书局本《十三经注疏校勘记识语》中也有此二印。有意思的是，在买下之后，孔网上仍有两家书店有同本书讯，定价是我买到的十倍之多。询诸此地书肆，果然说是未经授权的滥用，还体贴地将原来书影上的水印除去了。

孔网固然有此奇景，雅虎拍卖令人倒胃口的事也不少。譬如伪造名人手迹的技术还在非常原始的阶段；又如同一种书籍反复上拍，后台则请人不断抬价。还有留学生在淘来的普通本上钤印、写识语，不久在孔网上见到这些书，均标记"某某学者旧藏"云云，定价自然也扶摇直上。也难怪，谁让线装书如

十三経注疏校勘記識語

勘記識語

光緒三年丁丑春月江西書局開雕

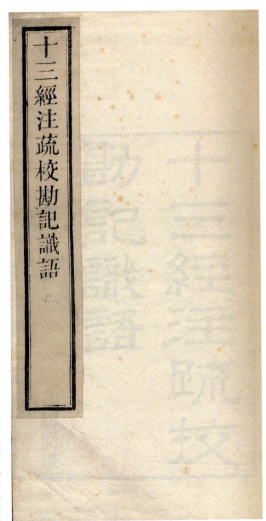

十三經注疏校勘記識語

此招人喜欢。十分令人喜爱的宗教经典，不也有各种精彩纷呈的作伪故事么。好在其他领域，只要不是中外闻名的著作，也不太见到这样的乱象。

关于"金合／文库"、"小林／藏书"二印，再记录几则未见著录的所见，如琳琅阁书店所售同治十一年刊钱泰吉《甘泉乡人稿》卷首即钤此二印，另外还有"小拜／经楼／藏书"（白文）、"槜李／吴氏"（朱文）、"善养延年"（朱文），为吴藕汀父吴剑寒藏书印，因仰慕吴骞而有此名。本校文学部图书馆有陈鳣《经籍跋文》一卷，亦钤此二印，观其卷首所钤"京都大／学图书／馆之印"较为秀气，并非此前常用的朱文大方印，怀疑入藏较晚。

此刻窗外斜雨纷飞，十号台风将路过九州。近畿地区今年还没有遇到台风，梅雨过后只有漫长的酷暑，而台风大多直奔朝鲜半岛方向及我国东北地区，那里没有多少应对台风的经验，今年天气真不寻常。昨日进了一趟城，超市已满是秋天的蔬果。买到了木通果，是头回吃，不知你有没有看过电影《小森林》，就是那种藤蔓上结的浅紫色椭圆果实。果肉清甜，比想象中美味，只是籽太多，要花好大力气才能吃到那一点果冻状的果肉，大大减少了品尝的乐趣——也许是更适合鸟吃的食物。学着网上的做法，将果皮滚水焯过切细条，与新买的茄子、香菇炒熟，

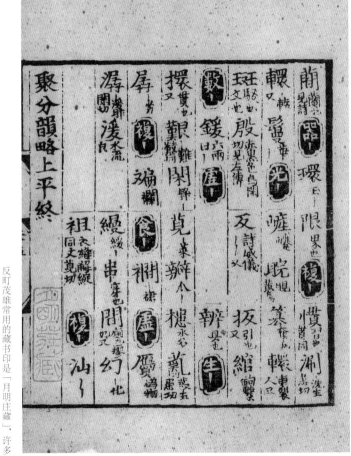

加味噌与糖炖煮。据说"超级美味",但我并没尝出什么特别的。当然，果肉与果皮都无毒的山中野果，也没有怪异的味道，本身已是值得感激的自然赐予。去年，友人省吾将木通种子悄悄种在墓地的树丛里，已经顺利生出细藤，只是不知结果还要等几年。

打算在天黑前去真如堂看看，这封信就暂写到此。听说你将要去山东，不知何时启程，又为何事？盼你的回信，并祝诸事顺利。

松如
庚子白露前一日

小城奇遇

嘉庐君：

　　见信好。没想到这封信让你等了这么久，此刻已在去大阪上课的途中——我们已开学，又要开始奔忙。新闻说近来这大半年因疫病而失业的人数又刷新纪录，似乎看不到什么希望。一起上韩语课的友人润子在七月也失去了工作，她此前在一家律所做按小时计算的零工，上半年律所工作很少，老板不得不裁撤冗员，非正式员工自然首先被解聘。不过按照日本的新政，因疫情而失业的人可申请救助金，按失业天数支付原工资的七至八成，直到找到下一份工作为止。京都是非常依赖旅游业的城市，这大半年的影响可想而知，家附近倒闭的店铺不在少数。据说点心老铺阿阇梨饼为减少损失，也从清水寺前撤去了店面。秋分前后有四天长假，与之前盂兰盆节时人们的谨慎不同，街中挤满游客，寺院里尽是扫墓的人。

　　近来与你说了不少颓唐的话，来信是要给你讲一件称得上愉快的奇遇。还记得几年前给你在信中提过的"初春之海"么？就是我常去的城中商场 BAL 一楼的插花，随季节变换，每令我流连再三。今年六月中某个周末路过商场，碰巧遇见花艺师换花材，是一位瘦高的中年人，取出花器的绣球枝，拆开快递新送来的两包花材，是黑莓枝与璎珞杜鹃。边上是一家茶铺，店员女孩问花艺师要了两枝绣球，仔细摘去枯萎的叶片，拿喷壶给花团添些滋润，擎着花枝欣赏，又爱惜地拢在怀里。我在边上看着实在喜欢，遂问可否旁观拍照，花艺师欣然应允。见他先固定黑莓枝，之后搭配璎珞杜鹃，全程行云流水，潇洒极了。几乎每个路过的人都忍不住驻足，询问枝头果子是什么。有一位穿鹅黄裙的小女孩，直接上前就摸果子，花艺师很和气，将修剪下的小枝分送大家，把缀了最多果子的送给小朋友："这个熟透了就可以吃，还可以做果酱。"大家惊叹着，又看了会儿，愉快离去了。

　　我一直看到最后，想跟花艺师多聊几句，又不好意思打扰。犹豫间对方问我要不要多余的花枝，我自然说好。因而开启了话头，知道他叫井上博贵，是京都人，隶属一家历史悠久的花店，入行二十余年，一直负责 BAL 商场的装饰用花。我给他看过去数年间拍下的他的作品，他虽很不好意思，但也确信我是他的作品多年来的观众，并非夸张。彼此都以为是奇遇，甚至交换了联系方式。

商场插花一隅，新花材已准备好

京都七月的代表性植物"桧扇"，即射干

商场插花已换作京都七月的代表性植物"桧扇"

毛茸茸的栗球虽尚碧绿，却已带了十足秋意。

栗球枝子与来自冲绳的艳山姜果子

转眼从夏入秋，商场插花又换了几轮，七月是盛在竹笼里的射干，本地叫做"桧扇"，因其宽长笔挺的绿叶张开仿佛平安美人手中桧木薄片制成的彩扇；八月是缀了栗球的枝子与艳山姜果子。毛茸茸的栗球虽尚碧绿，却已带了十足秋意。艳山姜在日本叫月桃，不知你可曾见过？似乎又叫作大草蔻。五年前的初夏在冲绳，头一回见过艳山姜美丽的花穗，遍开海岸与山间，令人难忘。艳山姜小灯笼状的朱红果实、翠绿剑叶与栗球搭配，很别致。遂与博贵赞美这件作品的巧思，他很高兴，说难为我认得月桃果，那是从冲绳订购的花材，最近正当时。我告诉他，家附近有一家叫 Goya（音同日文的"苦瓜"）的冲绳餐馆，入口处即挂了大串月桃果子，菜单上有一道月桃茶，是清凉的好味道。他因而约了同去 Goya，说还没有喝过月桃茶，事情便这样定了。

与奇遇中认识的人贸然吃饭，未尝没有忐忑。上周日终于在 Goya 碰头，严格而言是初次见面，因为上次遇见时彼此都戴着口罩。短暂的拘谨之后，果真点了一壶月桃茶，先从植物谈起，慢慢觉得这场奇遇很好——那天还是我来京都的整十一年纪念日，感叹客居的时间在人生中的比重越来越大。他毕业于佛教大学，原先学设计，做了几年商场展柜策划之后，认为似非兴趣所在，遂转入插花行业。但也没有学习如池坊流之类的传统流派，而是在花店从学徒做起，机缘巧合成为插花家栗崎昇的弟子。栗崎亦无流派，自成一格，早早在东京闯下天地，在京都也有花道教室，有很多弟子。博贵说自己在这行工作了26年，总觉不自信，时常彷徨。又说人过中年，身边的人越来越少，不是死亡，就是告别。父亲十年前已过世，母亲老病，最近要动手术，但医院为了防止病毒蔓延，也不许家属探望。

"谢谢你肯定我的作品，对我是很大的启发。你的开朗令我感动。"他这样同我说。我几乎有些惊诧，因为自己也没什么自信，一时语塞。在认识他之前，早早认识了其人作品，为之倾倒，却不知作者经历的徘徊与犹豫。作品是生命的另一种延续，当中或许藏着我们也没有想象到的希望。这种希望通过作品无意识地传递给他人，最终又奇妙地回馈到作者身上。

电车路过美丽的木津川，无限柔波之畔有老人垂钓，令我羡慕。紫薇和木槿仍开着，逐渐转黄的稻田边错落生着几丛鲜艳的石蒜，枝头柿子也红了。忽而想起少年时写的《竹林的故事》，就是与从周结缘的那篇——那时就憧憬隐居与垂钓，在人间挣扎这么久，向往的依然是这些。

松如

庚子秋分后二日

万山不隔中秋月

嘉庐君：

上课途中，忽奉大札，不尽欣喜，匆匆覆信。此日在彼是双节，在此则是国公立大学开学第一日，因而忙碌异常。好在秋空晴朗，闲云散淡，今晚应该可以看到很好的月亮。如此说来，"闻木犀香否"之问竟过去这么久，只是这里今年桂花似开得较晚，目前尚未闻到香气。街中、车内人群似已全然恢复，人们已丝毫不介意地拥挤在一起。希望国与国之间的航路也能早日正常，我实在非常想念家中的猫。

小时候很喜欢过中秋，因为庭中拜月的习俗很可爱，天气也正是宜人时候，再往后就要霜冷萧瑟。但念高中之后，课业繁忙，这些活动不再与我有关，顶多在家吃块月饼。来京都的头几年，发现这里也有欣赏中秋月的习俗，入乡随俗跟友人看过下鸭神社的中秋管弦祭——神殿内供奉芒草、米粉团子，美人月下弄弦吹奏，清歌一曲度水而来，的确十分风雅。然而不如夏日的祭典热闹有趣，看一回也够了。至于月饼，这里的中华物产店应不难买到，但除了别人送，也从未特地买过。"过节"就这样从生活里淡去，起先是舍弃了故乡的节日，置换作本地的"年中行事"；后来觉得本地活动不少也是近代以来为发展旅游业而兴起的名目，逐渐也失了趣味。好在仅看自然中的四时更迭，就已足够有"节令"之感。

前日午后，友人小猫发来她在岚山千光寺大悲阁拍的风景，碧绿山谷中清溪如带，远方一痕薄明山色，即是离我很近的东山山脉。"你在彼山看我在的此山，我在此山向往你所在的彼山"，这样回复她。

三年前的夏天，我也去过那里一回，似乎是看到杂志介绍，说那里是岚山景区难得的清净之地，适于散心默想。穿过渡月桥，沿着大堰川西侧临山的窄路往山里去，那顶上有一座黄檗宗寺院，就是大悲阁千光寺了。千光寺前史渺茫，能确定的可靠历史从十七世纪初开始，比起京都、奈良一带许多可以追溯至公元七八世纪的古刹，实在很年轻。该寺据说是江户时代初期豪商角仓了以为纪念开凿大堰川工程中死去的工匠而建立，明治年间已荒废。战后虽经重建，但真正修理到成为景点、对外开放的地步，还是近十年的事。因而寺院虽有很好的名字，也占据奇拔的地势，在京都却全然无名，亦未留下多少名人足迹或记录。

那日是酷暑天气，进得山门，疲惫不堪，有年轻僧人合掌，说树下有冷茶可自取，又说住持带着寺里的柴犬下山去了，因为中元前后，各处法事很多。寺里还有一位帮工的僧人，名道澄，来自冲绳中部地区的乡村，有意弘法，遂来此山服务。寺院没有庄严的宝物，但有一小块种满蔬果的农田，以及大悲阁窗外的开阔风景。看阁内的留言簿，有不少来自台湾的游客，也许是在什么旅行杂志上被介绍过。当日寺内只有我一个客人，因此在阁内默坐良久。小猫去的这天也只有她一人，有幸遇到了寺里的柴犬。

日本的寺院经营状况差异极大，檀家众多的古寺门庭庄严，通常没有什么经济压力。一些稍微偏僻的小寺院则艰于维持，住持一般都需要有其他工作，比如教书，又或者做公务员，平时正常上班，有法事时才披上僧袍念经。还记得从前说过的和歌山海南市的善福院么，就是山井鼎墓的所在地，虽有一座国宝释迦堂，也维持不易。住持前些年刚从当地小学退休，他们家的儿子无意继承住持工作，早早在东京某家公司工作，住持自己也不知寺院未来命运如何。

我被小猫发来的山景吸引，她邀我去岚山住几天，而我并无这样的空暇，接下来半年应该也不会有。自打年初从首尔回来，就不曾再有机会旅行。犹豫半晌，竟决定当夜去岚山赴会，次日中午赶回。因而打车从东山脚下直奔西郊小猫下榻的旅馆。在京

2017 年夏，曾独往岚山的大悲阁千光寺

千光寺没有庄严的宝物，但有一小块种满蔬果的农田

从大悲阁远眺

都人的概念里，这是从左京的边缘去往右京的边缘，应该是很远的一段距离。但事实上不过九公里，用从周的话说，"从北京家里往西走，才到景山公园而已"。不错，京都就是这样的小地方。

小猫怜悯我匆忙来去，没有看风景的余暇，在我凌晨抵达后，便提议去渡月桥边看月亮。二人走了一段寂静的窄巷，偶尔有几个上夜班回来的西装革履、满身疲惫的青年从车站方向过来。右京山区自古是贵族隐居、僧人修行之地，因为地势低洼、易受洪水袭击，很早就变得萧条。前几年台风登陆近畿地区，洪水还曾冲坏了渡月桥，因此西郊房价也相对偏低。散落在住户、寺院之间的稻田已收割完毕，田埂边开着几簇暗火般的石蒜花，远远听见大堰川激流涌动的声音。也许暴走族偏爱这一带的人迹罕至，时不时有跑车啸叫着飞驰而过。市政工作人员趁夜在河边修路，挖土机轰鸣，悬在半空的人造灯亮白如昼，显得月亮小而苍白。我们避开施工处，在渡月桥旁的松树旁坐下，因为水声太急促，工地的声光过于强烈，怎么也没有赏月的气氛，仿佛是红楼梦第七十六回凸碧堂凹晶馆的冷清心绪。明月像孤独遥远的一只灯泡，川流激起银灰色水花，两岸有过去十年海外旅游业大兴而新筑的设施，安着和月亮差不多亮的惨白灯泡。明明是冷清的郊外，却似乎比住户众多的鸭川沿岸更明亮。鸭川畔的夜光大多是人家的灯火，隔着窗帘，影影绰绰，是真正世上人家的气息。而岚山的人工光到了夜里并无人用得上，虽然惨亮，却鬼气森森。大约坐了三刻钟，难抵侵人的夜露，二人默默起身回去了。

次日起来，小猫有其他安排，我思索一番，决定去附近尚未去过的大觉寺。岚山景点有许多，眼下大概是其从未有过的清寂。很多年前去过的落柿舍也离得不远，但匆忙中也没有特别的必要过去看一眼。大觉寺风景阔大，有潇洒的僧人来回忙碌。大泽池畔搭着颇煞风景的高台，两位披靛蓝工作服的女子走来走去排练，对着池水鞠躬，原来这里的中秋夜也有风雅的观月会。溪畔石隙开满鸭跖草、蓼花、石蒜，池中残荷尚未收拾，有一只白鹭静静立在荷叶中。风起来，翻卷的荷叶露出银色背面，远远的仿佛许多只水鸟。岸边泊着两条褪色的画船，一为"龙头舟"，一为"鹢首舟"，似乎是《源氏物语》之类平安时代文献上出现过的贵族游船，中秋夜将行于池上，应该是粗糙又能挣钱的复古工程。工作日上午，三三两两看风景的都是老年人，我独自晃来晃去，显得很突兀。时候不早，顿觉索然无味，就在附近搭公交车回家，好像也是出门旅行了一回。"这么快就回到了俗世中。"从前与一位老师外出爬山，归途中手机信号恢复，工作邮件纷纷涌入，老师曾作这样的叹息。

怎么会忘记同在伏见先生家听琴的往事呢？还记得十多

大觉寺壁障绘

寂静的大泽池

年前我跟你提过的学古琴的旧心愿么？也多次颓唐地表示，生活的忙碌混乱看不到尽头，这样的心愿理应抛弃。前一阵意兴阑珊，这旧梦忽而又在心里闪过，仿佛是我生活的最后一道屏障——赵鹏先生在南通博物苑内隔廊吹箫的一幕也是。

　　这封信在上课的途中写完了大半，原本要在中秋夜寄出。但夜里从大阪回来，疲惫不堪，到今天才写完，也是一个晴朗极了的好日子。盼你回信，愿一切都好。

　　　　　　　　　　　　　　　　松如
　　　　　　　　　　　　　　庚子中秋后一日

久违的书市

嘉庐君：

　　见信好。这封信让你等了太久，显然不宜继续拖延。此刻又在去大阪上课的途中，电车内新换了永观堂的红叶海报，"京都之秋乃永观堂"，设计得很漂亮。今年应该没空去赏红叶，因此又多看了几眼海报。窗外天气极好，也不太冷，有人在刚割过草的河滩上晒太阳，如果这是在外出旅行的途中就更好了。

　　虽然日本正在第三波感染的不安中，但人们比此前平静许多，电车内照常拥挤，学校也没有停课。刚刚路过车站旁的商场，倒是暂时闭门。此前我总在这里买些便宜的蔬果回去，大阪物价似乎比京都低廉，同样的柿子与栗子，贴着"大阪产"的标签，就比"京都产"便宜不少。

　　下学期的课已上完过半，学生时代时不喜欢上课，没想到如今更怕上课。更残酷是学生逃课无妨（至少在我的学生时代是如此），但老师万万逃不得。此前迟迟不回信，同你说太忙，并非托辞。十月底的周末连续参加线上会议，连秋季古本祭也来不及去。上周一晚上，正为第二天的课还没有备完而苦恼，友人忽而提醒，说周二是"文化之日"，毫无疑问的公休日。反复确认校历，的确放假无误，一时大喜，自然抛开工作不管，第二天饱睡晏起，悠然出门，去知恩寺看古本祭，那已是最后一天，幸而赶上了。

今年本地春夏两场书市都告取消，到了秋天，书店主人们再也耐不住，决然举行。挨家与主人们聊天，久别重逢，非常快乐。阿弥陀堂前楤桲树如约结了澄黄的果子，书店主人们偷闲在角落吃外卖。津田书店家的女儿硕士已毕业，在东京一家大公司的附设研究所工作，四月以来一直在线工作，父母稍稍放心。福田屋家的长孙已读初中二年级，跟着父母沉默照看摊铺，不时拿掸子细心扫去书堆上的尘灰。他的祖母让他跟我打招呼，他恭恭敬敬行礼如仪，真教人喜欢。

"你如今多大了？"祖母问我。

"三十二岁啦！"

祖母握着我的手，很感慨："我们刚认识时你才二十出头吧？"

"是呀！"

听说京都古书协会的成员们这大半年很悠闲，经常聚在一

2020 年，京都春季、夏季两场书市均告取消，秋天，终于在知恩寺迎来了久违的古本祭

街中旧书店门口秋之古本祭的广告

起打麻将。万幸的是，虽然店里没什么生意，网店生意却比从前更好。据云从前非典时期北京的旧书业也很兴盛，因为闭户不出，正合适看书。

口罩是书市的新风景，人人戴着口罩自不必说，一向喜欢自己做些书签、名片夹之类小物件拿出来卖的紫阳书院家摆出了一盒手工口罩，用了猫纹的布料，很可爱。正殿前挂着南无阿弥陀佛的挂轴，写着"新型冠状病毒病即消灭"的字样，提示人们知恩寺曾是念佛百万遍击退疫病的道场。

宝贵的一天假期之后，仍是每日兵荒马乱。昨天因为研究班临时取消，又得半日清闲，去书库看了半天资料。随意翻清人吴翌凤所辑《印须集》，见到卷三收录了张葆光《兔儿爷》诗，觉得朗朗上口，也不俗气，抄给你看：

兔儿爷，儿童买得争相夸，人买百钱我五百，我家自不同它家。

兔儿爷，升我几，我呼弟妹来行礼。折苇作香水作茶，罗拜欢呼跌复起。

兔儿爷，好容颜，好眉好眼唇不完。长耳动摇使人欢，身旁小兔尤可怜。

兔儿爷，好衣裳，青紫黑白红绿黄，我衣与爷比

见证我从二十岁出头到三十多岁的福田屋书店

口罩是书市新风景

知恩寺正殿前挂着南无阿弥陀佛的挂轴，写着"新型冠状病毒病即消灭"的
字样

紫阳书院

花绣，爷是新衣我不旧。

兔儿爷，我有鸭嘴梨、马牙枣、藕初雪、栗初炒。我同爷食爷不恼，爷赏我食使我好。

兔儿爷，我有八角铃盘、九环太平鼓，我妹能歌我能舞，爷来我家爷不苦。

兔儿爷，中秋节，阿娘盘饤为爷设，阿姊欣欣阿妹悦，我是男儿不拜月。

兔儿爷，莫患来朝弃置不值钱，时光虽过我亦怜。

张葆光字仲子，全椒人，岁贡生，有《竹轩诗集》三卷。不过此集流传似不广，只看到天一阁、广东中山图书馆等处有藏。张葆光曾"五载佯狂京洛间，荷衣不惹缁尘还"，兔儿爷、鸭嘴梨、马牙枣、雪藕、炒栗、八角铃盘、九环太平鼓等等，都是他在京中所见名物。诗句深富童趣，在以作诗为治学之阻碍、崇尚学术的乾嘉年间，实属少见的天真烂漫。这些偶尔看见的可爱句子，绝大部分时候都被著名的人物与著述淹没，不免感激这种灵光乍现式的邂逅。因为残酷的是，许多时候平庸无名的人的确写不出好句，无名又可爱，还能留下作品的人实在不多。又搜到张葆光几句，比如《观书》云"异味罗列促呕食，不及咀嚼逾令馋"，也是我在书库胡乱翻书的写照。

如今已立冬，前日买的一枝水仙幽芳细细。这个冬天大概仍不能指望回家，下一个冬天到来之前能实现么？无力去想，盼多多来信。

松如

庚子霜月廿七

山鸟不知名

嘉庐君：

　　见信好。近来事多，惫懒更甚。年末至今，似乎已无所事事了三个礼拜，始终不能进入工作状态。昨天此地又宣布紧急事态宣言，但街上人车似不见少，毕竟狼第二次来了，大家也已习惯。民众对政府素无期待，因此态度格外淡然，至多匿名在网上发泄几句。亲近自民党的媒体也会发布诸如"比起欧美各国，日本已经做得非常好"的新闻，底下少不了水军跟帖赞叹。不过日本年轻人、知识界群体对眼下的执政党大多不满，但同时认为现状难以改变，因此对参与政治（比如投票）非常冷淡。我自然更冷淡，也没有什么不满，因为宁谧书窗，已足可珍。

　　去年末，有几门课提前结束，在家呆着的时间更多，因而发现窗外山里每天都有许多鸟来吃果子。那是一株高大的山桐子，本地很常见的植物，和名叫饭桐（イイギリ），因为从前的人会拿它的树叶包饭，由此得名。江户时代的学者认为饭桐就是《诗

九月末，山桐子的果实逐渐转红

经》所云"椅桐梓漆"、"其桐其椅"的"椅"，现在我国《辞海》、《词源》、植物志等资料中也采此说。但有关"椅"究竟是何植物，古来聚讼纷纷。《说文》认为"椅，梓也"；郭璞注《尔雅》认为椅、梓"即楸"；《本草纲目》认为"梓之美文者为椅"，《毛诗陆疏广要》认为"梓实桐皮曰椅"，与梓、桐等大类同而小别。可知传统文献并未有将"椅"与"山桐子"关联的痕迹。又检"山桐子"其名，亦不见较早用例。倒是日文文献明确认为"椅"即"饭桐"，如冈元凤纂辑《毛诗品物图考》卷三辨析"椅桐梓漆"之际，引用的虽也是《埤雅》、《尔雅》等中国文献，但按语云："椅，此方谓之异异己里。"而"异异己里"即"イイギリ"（饭桐）是也，且配图亦无疑是山桐子。这似乎是江户时代博物学者的共识，如细井徇《诗经名物图解》亦绘山桐子一幅，云："椅，和名イイギリ，诸州深山有之。"江户末期著名的《本草图谱》也持此观点。明治年间，东京大学编《东京大学小石川植物园草木图说》（1886年）卷二将和名"イイギリ"、汉名"椅"与拉丁名"*Idesia polycarpa* Maxim"对应，详绘图谱，细述特征，至此，饭桐正式在现代植物学范畴内得以定名。

偶见民国时期林学家陈嵘所著教科书《造林学各论》中有"椅树"条，下注"别称椅桐、水冬桐、山桐子"，云"前在中部各省似颇普通，今则稀少，树态端整，秋季落叶时红实累累，

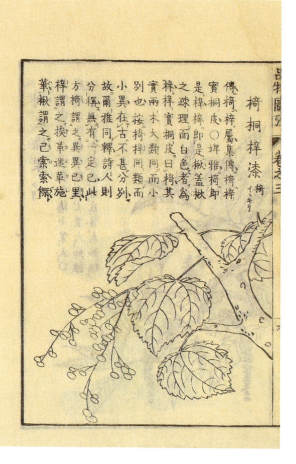

冈元凤纂辑《毛诗品物图考》(早稻田大学藏) 卷三辨析 "椅桐梓漆" 之际,
引用的虽也是《埤雅》、《尔雅》等中国文献,但按语云:"椅,此方谓之
异异己里。"

细井徇《诗经名物图解》（国立国会图书馆藏）所绘山桐子，即饭桐

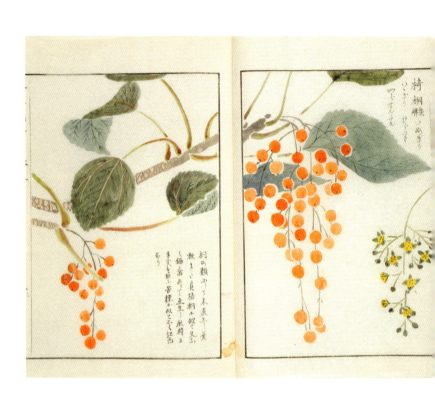

岩崎灌园《本草图谱》（国立国会图书馆藏）第 11 册卷 83 乔木类 2 椅桐图绘

下垂如南天竹之实而稍大，极美丽而悦目"。国立四川大学编印的《峨眉植物图志》（第 1 卷第 2 期，1944 年）亦有椅树条，称其"树容美丽，其猩红色果实尤为悦目，颇合于园庭及公路两侧之栽培"，可知民国时已有椅树等于山桐子之说。陈嵘曾留学东北帝国大学农科大学（今北海道大学）、哈佛大学，1925年回国，任教于金陵大学农学院森林系，是中国近代林学的开拓者。他的植物学知识必然受到日本学说的影响，那么，将《诗经》中的"椅"与今之山桐子相关联的看法，是否也是来自日本？暂且存疑，他日再考。因为此番来信原想与你说的，分明是吃山桐子果实的鸟儿。

那株山桐子离我的小窗很近，刚搬来的那个秋天就注意到它的累累红实，也知道有鸟来吃，却从未仔细观察。去年在家时间很长，倘若一天都在书房，很容易就注意到，每日清晨、午后、黄昏，都会有大群鸟儿飞来，停在那山桐子枝上啁啾不已。虽说隔那大树不远，也有几十米距离，只听得见满树鸟声杂错，并不知是什么鸟。我非常喜欢山，但因为害怕蛇、毛虫之类，一直保持"远观"，不在植物茂密时进山，也对鸟兽兴趣平平。但那群鸟天天准时来，在缀满红果的树上穿来穿去，呼朋引伴。我终于把长焦镜头对准了它们——去年新购，最初只是想远距离看清山里的植物，已目睹苦楝、光叶石楠、灯台树

77. IDESIA POLYCARPA Maximowicz

国立四川大学编印《峨眉植物图志》（第 1 卷第 2 期，1944 年）所收椅树图版

等诸位芳颜。大概因为从周擅长摄影,我一直不愿专攻此道——真是古怪的念头,也许是担心拍得不如他?

镜头里,第一次看清枝上小鸟的姿容。头顶微有羽冠,像被风吹乱的发型;耳畔有一痕可爱的栗色,身体与翅膀是灰色,胸部至肚皮颜色逐渐变浅。它们快活极了,灵巧地站在细枝上,随意啄食无尽的红果,啄两口,又去另一枝。有时从高处滑落,不知是故意还是不小心,很快又攀住一枝。糟糕!那一刻完全喜欢上小鸟,我知道观鸟是非常花时间的爱好。很快,查到它的名字叫栗耳短脚鹎,知道了名字,仿佛成了朋友。接下来,几乎每天早上都在窗前看它们。十二月末下了一场大雪,珠串般的红实覆着雪,本已极可爱,偏还有许多栗耳短脚鹎,比平日来得更多,停留得更久,在这丰收的乐园里流连,枝头的雪簌簌落下。

元旦假期,忍不住在吉田山散了两三回步,邂逅了这些小鸟:燕雀、远东山雀、杂色山雀、大山雀、灰鹀、北红尾鸲、灰鹡鸰。有时听到鸟声,忍不住到窗前去看,但鸟来去极速,踪影难觅。自嘲“熟谙猫性”,因北京家里的猫也常常闻鸟而动,在窗前屏息驻足,发出难以自抑般的“啾啾唧唧”,据说是猫观鸟时特有的行为,出于诱捕猎物的本能。

年初忽而降温,一夜大风过后,山桐子红果一粒不存。栗耳鹎们也不大来了,有些怅惘。不过山里还有苦楝、女贞的果子,

深受栗耳短脚鹎喜爱的山桐子

雪后山中的山桐子

那里聚了不少栗耳鹎。其实吉田山并非观鸟佳处，因为层林深密，鸟在当中藏得很好。御所、鸭川、大文字山、下鸭神社树林，都是更专业的观鸟地点。只是我实在不敢发展这项过于花费时间的兴趣，就守着小窗，等待鸟飞来吧。

今年春节，显然不能回家，想念两年前在家里见过的大雪与梅花。听你说南通植被渐丰，很开心。鸟儿应该也变多了吧？母亲有时抱怨晾衣台的鸟粪比从前多不少。真想跟居大叔去观鸟，还记得博物苑草坪的戴胜么？忍不住翻开乾隆《直隶通州志》，学习了《风土志》"物产"条下的"羽族"，原来吕四曾有丹顶鹤，博物苑还有标本——对于故乡，我实在无知，才这般大惊小怪，请你原谅。离春节尚有一阵，或许还能在年前盼你的来信？

松如

庚子嘉平月二日

一夜大风，山桐子落尽，栗耳短脚鹎不来，转去果实累累的楝树

海东琴事说琴山

嘉庐君：

　　见信好。此刻刚从淅沥冷雨中回到家，小锅里正煮着蔬菜汤，趁隙与你回信，也怕你再说我拖延。方才看新闻，才知道今年立春比往年早一日，因而吉田山的节分祭也早了一天。难怪昨天路过真如堂，门前已摆出立春大吉的牌子。记得去年此时，本地人尚觉得危机遥远，山里戴口罩的都是国内来的游客，对靠得太近的人一概紧张。一年过去，游客早已绝迹，再没有人能说出轻松安慰人的话，只有沉默苦笑。

　　来书所云得琴之事，令我神往，真羡慕。上月初在北白川附近偶遇一家兰州拉面馆，店主是石家庄人，国内新来的移民，曾经玩过乐队，墙上竟挂着一张崭新的古琴。见我讶异，主人取下琴，随手弹了一曲。他的琴艺不算精湛，但刚刚做完拉面就来弹琴——这恐怕不多见。只是像古琴这样的乐器，与许多情景都不易搭配，在海外的中餐馆里尤其显得孤独。店主的拉面技术据说也是在国内新学，手法尚生，但在此地足够用，毕竟本地川菜馆也未见过川渝来的师傅。

你要找的《诊余漫录》，学校附属图书馆恰好公开了富士川文库中的两种电子版，均为写本。其一收入书信三通，均讨论医事，与琴无关；又一抄录"卷之三"部分，为琴山书信及文章若干，凡 42 纸。富士川文库是日本医学史家富士川游（1865–1940）的旧藏，是为编纂《日本医学史》而搜罗。文库中另有琴山著述 12 种，当中有《琴山遗稿》一部，内收《琴山先生著述目录》一篇，抄录如下，供你参考（粗体标出者为文库所藏书目）：

类聚方议　三十二卷　　　　　毒药考　一卷

药量考　一卷　　　　　　　　死生辨　一卷

方极删订　一卷　　　　　　　合匕考　一卷

读类聚方　二卷　　　　　　　品物品目　三卷

伤寒论讲录　四十卷

读小刻伤寒论　一卷

药徵续编　三卷

古医道二千年眼目编　十二卷

肥后产物志　未脱稿

聚毒编　未脱稿

和方一万方　四十一卷

五千方已脱稿

绍述录

<table>
<tr><td>**痘疮问**　一卷</td><td>麻疹略说　一卷</td></tr>
<tr><td>我昔御侮篇　一卷</td><td>论儒医言　一卷</td></tr>
<tr><td></td><td>案籍诊录　一卷</td></tr>
<tr><td></td><td>扁鹊传解　一卷</td></tr>
</table>

<table>
<tr><td>神主考　四卷</td><td>印式　一卷</td></tr>
<tr><td>琴学或问　四卷</td><td></td></tr>
<tr><td>琴山琴录正编　二卷</td><td></td></tr>
<tr><td>琴山琴录国字　八卷</td><td></td></tr>
<tr><td>琴谕　一卷</td><td></td></tr>
<tr><td>琴山琴谱　一卷</td><td></td></tr>
<tr><td>日本琴事　一卷</td><td></td></tr>
<tr><td>琴笺　一卷</td><td>琴山琴笺　一卷</td></tr>
<tr><td>养蚕一家言　一卷</td><td></td></tr>
<tr><td>谕言　一卷</td><td></td></tr>
<tr><td>橘志　一卷</td><td></td></tr>
</table>

莲谱　一卷

笃古印式　一卷

孝子蒙求　三卷

佛门诸宗丧祭辨　未脱稿

煎茶笺　二卷　　　　　　　香笺　一卷

瓶花笺　一卷　　　　　　　一日三赏　一卷

　　琴山著述极丰，超出该目录的尚有不少，可见《肥后文献解题》、《国书总目录》等处著录，大略分为医学、文学、艺术、谱录等类，你所关心的琴学部分不在富士川文库的收藏范围。而除了《琴学琴录》刊本之外，《日本琴事》、《琴学或问》、《琴笺》、《琴山琴谱》等均未见电子版，仅偶见著录。丰永聪美曾调查大英博物馆藏平松时章旧藏，其中有《琴山琴录》刊本一册，文化八年（1811）浪华书林高丽桥通淀屋桥筋加嶋屋久兵卫刊本，豹隐书室藏版。此本似晚于日本国立国会图书馆藏剑阁山房文化三年（1806）序本。值得留意的是平松旧藏《琴山琴录》写本（八册），分为七卷，并别册一卷，卷一末记云"宽政二年（1790）庚戌三月二十四日草稿卒业八年（1796）丙辰四月朔日净写卒业于琴山小隐玄响室"，每卷首钤"兰思琴所藏"。丰永认为是琴山自藏本，且日本国内未见同系的钞本，因此很有价值（《大

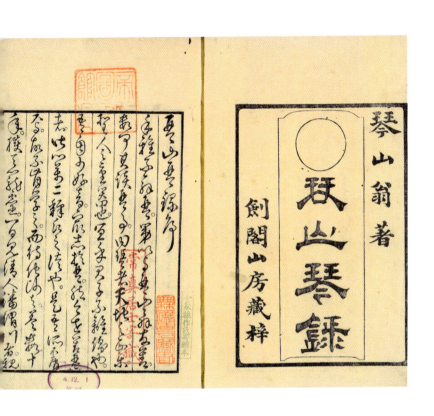

日本国立国会图书馆藏剑阁山房文化三年（1806）序本封面（今泉雄作旧藏）

英博物館蔵「平松家旧蔵楽書資料」について》,《东京音乐大学研究纪要》23,1999 年)。她曾拍得全部资料照片,惜暂未见相关研究文章。

琴山确实是很有意思的人,我从前不甚了然。此番接信,才去翻看了国立国会图书馆本《琴山琴录》,见他少年时学筝与琵琶,中年后才弹琴,曾得到弟弟芳年复刻石川丈山所藏陈眉公旧藏明琴一张。而他不知七弦琴奏法,只是自娱自乐,直到天明五年(1785),偶然拜访来到长崎的杭州人潘渭川,向他习得《南风》《沧浪》二曲,潘氏感慨"不思海外千里,得知音矣"——这些在高罗佩《琴道》中已有记述,你一定早已知道。辛岛盐井曾作《琴山先生村井君墓志》,不知你是否留意,当中也写到:"(琴山)尝游崎阳,受琴于清人潘渭川者,著《琴录》,时披鹤氅、戴乌帽,奏南薰一再行,其乐晏如也。"

《琴山琴录》中记蕉雪琴一张,说是橘南谿令京都琴师佐佐木鸣凤模拟源子云雷琴而制,"徽用蚌珠,弦施华制,弹之其韵浏浇"。而琴山长子亦号蕉雪。又记录宽政六年(1794)春橘南谿得源子云遗物,赠与琴山,其铭曰"大和国法隆寺所藏开元琴之制,天明四年甲辰之秋源龙造之"。琴山作诗感谢南谿赠琴,"琴友千里外,未面得知音。知音何所得,其契在同心。东西犹相望,封书往来深",原来他们未曾见过面。橘南谿

金戒光明寺境内橘南谿墓碑

（1753—1805）也是医家，墓地在金戒光明寺，距文殊塔不远，去年仲春曾访得。一直想对他的事迹作一番考证，我之兴趣在医事，你之兴趣在琴学，恰得两便。可惜这样的考证若无悠闲心境则很难有收获，难怪这类文章多半是退休研究者所作。

日本医史学界及熊本当地文化界对琴山遗事旧迹考证颇多，琴山构思、蕉雪完成的村井家旧宅丛桂园也对外开放，就在熊本市西区。一直想去熊本大学附属图书馆看据松崎慊堂影钞足利学校藏宋本覆刻《尚书正义》的版木，如今又多了一条去熊本的理由。自从疫病流行，一直据守京都，偶起旅心，但一看各处机构大多缩短对外开放时间，或者干脆闭门，只好暂时作罢。

写到此处，困倦不堪，夜已深，雨声愈大，先奉上短笺，也许是年前最后一封信。明日雨会停么？梅花已开了，想去吉田山散步，顺道买一只惠方卷吃。

松如

庚子嘉平月廿一日

辛
丑
年

辛　丑　年
二〇二一年

梅信到窗前

嘉庐君：

　　见信好。这是正月第一信，祝福新春迪吉，允符遥颂。你信中说博物苑梅花正盛，前日又见赵鹏先生的照片，知道苑内白玉兰已开，真令人想念。此地近来气温升降剧烈，玉兰尚无消息，梅花已次第开了。某日一早出门，骤见邻家斑驳的东墙外一株白梅盛开，有金黄肚皮的狸花猫从远处相接的屋顶走近，卧在花下晒太阳。周围建筑原是冷落破败，这一幕却真让人觉得喜欢。

　　这里如今变得很萧条，疫病流行之后，游客绝迹，银阁寺近旁的店铺关了大半。当中有的其实是前几年旅游业最盛时新开，挤走了原先的小店，现在又悄然散去。有一家冰淇淋店，从前我下了大文字山，总喜欢混在游人里买一个抹茶蛋筒吃。那时生意非常好，店家也大方，供应充足的茶水与休憩空间，这家店现在也关了门。我家周围一片地皮被投资民宿的商人买去，旧屋据说都要拆掉。木构建筑拆起来很快，几天下来就只剩平地。空出的地皮很长时间都没有动工，去年梅雨时积了许多水，盛夏长满高过人头的蒿草。我很喜欢的那家叫"玉响"的猫咖啡店，也在拆迁范围内。去年四五月，最是人心惶惶的时候，玉响家的主人贴出向贫困学生免费提供午餐的海报。那位姐姐长年从事流浪猫救助工作，生活很不容易。我很喜欢她的店，听说新店要搬到京都站附近去，那里房租更便宜。

京都站东侧一片的地名叫"崇仁"，是京都有名的、也是全日本最大的"被差别"地区（同和地区），即自古以来受歧视、被排除出主流社会的群体的聚居地。这些历史遗留问题，恐怕与人们印象中美好的京都有很大差距。日本自古以来是严格的身份社会，越是历史悠久的地方，身份制度越森严。日本一向对"污秽"（kegare）有强烈的排斥与恐怖心理，"污秽"的概念源自神道教与佛教，泛指不洁、不净的状态，包括死、瘟疫、性、女人的身体、分娩、血、犯罪等等。因而从事"污秽"职业的群体被视为贱民，在江户时代叫作"秽多"，即字面意思的"许多污秽"。屠户、皮革匠、处刑人等都属于"污秽"的范畴，他们世代被排除在贵族及四民居住的区域之外，京都中心区域边缘的崇仁地区正是这样形成。

既有"污秽"，那么也有相应的解决之法，譬如神社的仪

疫病流行以来，昔日非常热闹的银阁寺前游客不来，店铺关闭大半

疫病流行以来，猫咖啡店"玉响"贴出了免费提供午餐的海报

式就能起到被除污秽的作用。此外，盐也有清洁之用，日本古代传说中，从黄泉之国回来的伊弉诺尊为被除黄泉的"秽"，就在海水中完成褉被仪式。不知你来京都时可曾留意，街中民家门口偶尔会安置小小的白碟，堆着锥形的盐，叫作"盛盐"（"盛"作动词解，意即"堆积的盐"），便有除厄招福之意，在祇园等商铺众多的古老街区尤其常见。讲究传统的本地人若刚参加了葬礼，回家时一定要撒盐，完成"清洁"的仪式后才能进门。韩国也有撒盐除厄的风俗，不知起源何处，他日再考。

明治维新之后，虽然废除了贱民制度，但世代受到歧视的贱民群体及居住地很难一夜间消失。当时，来自朝鲜半岛的劳工也只能住在过去"秽多"聚居的地区，这又形成了近代以来日本新的"被差别"群体及区域。从前有人毕业找到工作，公司一看此人家庭住址在被差别区域，常会因此解除劳动合同。恋爱过程中，一方家长若发现另一方出身被差别区域，大多会坚决制止，因此被拆散的恋人不在少数。为解决这一严重的人权问题，日本政府和各公共团体提出了"同和对策"，"同和"是"同胞融合"一词的略语，原是为解决歧视而创造的、含义美好的新词，但很快与"被差别"一样，同为人们所避忌。因此，如果说精致完美的传统艺术、神圣清洁的寺院神社是古都值得骄傲的门面，"被差别"问题则是与之相对的暗面。如果说优雅博识、恪守传统的"京都人"是合乎人们想象的古都形象，那么世代居住在"同和地区"的被差别群体、在日朝鲜人则是被无视、被掩藏的存在，尽管他们也参与构筑了古都的传统与文化。2014年，京都市立艺术大学决定在2023年搬到崇仁新校区，这些年来崇仁地区也一直在进行拆迁与重建，不知未来那里的历史问题与风貌会不会有所改变。

我家附近还有一户人家，院内有一株漂亮的小叶栀子，花期很长，与园中竹丛相映成趣。这户人家名牌上写着"大桃"，可爱且罕见的姓氏，印象很深刻。但去年年末发现，那株栀子竟被砍掉，名牌也已撤去，院门口挂着出售的牌子。不知是老龄化严重的缘故，又或是奥运会延期导致此前短暂的房产泡沫破灭，最近街头屡屡看到房屋或地皮的出售广告。我们刚刚经历了经济腾飞，对萧条可能没有充分的心理准备。但此地已持续萧条了几十年，人们平静地接受现实。有时在深夜电车里看到疲惫不堪的上班族，总觉得非常可怜（虽然我也一样可怜），也很理解为什么他们总喜欢下班后去小酒馆喝一杯。若没有那样的地方暂作栖息，如何能消解整日的疲倦、面对明日的绝望？眼下因为紧急事态宣言，所有餐馆夜里八点都要关门，街中早早陷入沉寂。从前夜里若不想做饭，就随便去周边馆子里吃点东西。有一家小居酒屋，烤鸡串、章鱼腿茶泡饭很美味，我总

京都民家门口的"盛盐"

我喜爱且熟悉的一株小叶栀子，如今已被砍去。

当宵夜吃。而今这家店已倒闭了大半年，我也习惯了在冰箱囤积足够的食物。夜已深，窗外风很大，先写到这里。书信集的选题已通过，盼望你作序，也想请你一起想想书名。祝你与家人一切安好。

松如

辛丑端月十七

异乡人的西云院

嘉庐君：

　　这封信又让你等待很久，真抱歉。发烧痊愈否？千万保重。博物苑的春色应已到了十分，藤花快开了么？上周初去四国的高知查资料，近两年没出远门，兴奋又紧张。本想在途中写信，但行李太多，腾不出手。出去那几日都是晴天，到处都开着花，怎么也看不够。夜里就在旅馆附近的居酒屋吃饭，这是迅速了解某地市井气氛的方法。高知街道宽敞，有路面电车，商店街五颜六色，极尽视觉刺激。为了维持古都景观，京都市内对建筑高度、装修、用光有非常严苛的规定——很多年前似乎跟你说过这个，京都市街的便利店、快餐连锁店招牌也要服从规定，作出"京都式"的改变。高知大概没有这种要求，商店街十字路口有巨幅电视屏，大声播放广告。街心公园虽有"不可在此吸烟"的提醒，但聚在那里的年轻人大半在抽烟。这种无视禁令的行为好像很寻常，比如商店街里"此处禁止停放自行车"

的牌子下排了整列自行车；"不可投喂流浪猫"的牌子下，一位本地女人正在喂猫，看了不禁莞尔。

出远门前就想跟你讲月初我在西云院遇到的一尊墓石，不想拖到了现在。西云院是金戒光明寺下的一座小塔头，住持的花种得很好，我很喜欢那里的芍药、碗莲与紫薇，这些都与你说过许多次。西云院的开创者宗严和尚是壬辰之乱时掳回的朝鲜人，据寺内所藏文献《当院缘起及寄进帐》记载：

> 洛东黑谷金戒光明寺境内常念佛堂西云院，元和年中（1615-1623）宗严法师草创之所也。中台本尊即上宫太子圣造阿弥陀佛五尺立像。相传本尊原镇守江刕安土八幡宫社坛。信长公曾于是山筑城，乡民以此像暂避难日杉之东岳禅寺。而后有僧请兹像入洛彩饰之。其功未遂而僧已逝。其时洛之大炊道场正福庵名重但者，幸得之，以之付宗严，永为当院本尊。
>
> 宗严法师本高丽人。太阁征讨之时，小野木缝殿助将其归。宗严先天不足，故蜂须贺阿波守请其进政所，政所又赐羽柴下总守，侍其女也。未几，庆长十年三月一日，女早逝，年十七而已。今龙光院殿华颜芳春大姊是也。宗严为眼前之无常所惊，忽发菩提心，

遂投知惠满誉僧正剃发。从此飘然一身，如云如水，遍历诸国，俱拜圣迹，年四十一复回神乐。偶诣黑谷，拜见二十七代之了的上人。上人感其志操，赐紫云石。法师钦服上人之道德，不欲去，遂结草庐，止迹于此山。时元和二年丙辰四月八日，结跏念佛。七月夏，又起千日念佛之誓。自尔绵绵不绝。宽永五年（1628）戊辰十月十四日，法师年五十三，安然示寂。

这段材料据说是 17 世纪的寺僧照元所记，关于西云院的历史，在黑川道祐的《雍州府志》卷四"金戒光明寺"条之下亦有提及，内容大略相同，可互相参照：

寺之西北隅有西云院，于斯院修常念佛，前年既有一万日不退转念佛之结愿，故世称万日寺。开基僧号心誉宗严也，始此僧未披剃，时丰臣秀吉公征伐朝鲜日，为小野氏所虏来日本，天性无男根，故所到为阉人。仕蜂须贺蜂庵，又事高台寺政所亭。而后从知恩院满誉上人薙染为僧。于时公方家仕女一位阿茶局施资料，创院于斯处依之。中华、朝鲜投化人于本朝死，则葬斯院。

原来西云院的开山法师是壬辰战争时丰臣秀吉的家臣小野木重胜从朝鲜掳来，先后侍奉秀吉正室高台院、羽柴下总守泷川雄利之女。这位小姐青春早逝，戒名为"龙光院殿华颜芳春大姊"。宗严伤其逝，感世事之无常，遂投知恩院第29代住持满誉门下，剃度出家。之后游历诸国，返回京都时得到金戒光明寺第27代住持了的赠与的紫云石，便在金戒光明寺境内构筑西云院，出资营建的是德川家康的侧室阿茶局。阿茶局是大河剧里经常登场的人物，名须和，阿茶局是她的号。她出身武士之家，初嫁武将神尾忠重，育有二子。忠重死后，被家康召为侧室，与家康虽未育有子女，但深受其信赖。金戒光明寺是净土宗的七大本山之一，也是德川幕府在京都重要的根据地，阿茶局生前多次捐资，故而寺内有她的一座供养塔。

住持了的（1567－1630）也与德川家有深厚的渊源，他原本出生甲斐国，曾在德川家的菩提寺增上寺出家，颇受家康及第二代将军秀忠的宠信。元和二年（1616）成为金戒光明寺的住持，宽永二年（1625）成为增上寺第十四代住持。若《当院缘起及寄进帐》记载可靠，那么宗严法师开创西云院，与了的掌管金戒光明寺在同一年。宗严曾以朝鲜俘虏之身，侍奉诸家豪强的女眷，至此似乎得到了德川幕府的庇护。"中华、朝鲜投化人于本朝死，则葬斯院"一语也揭示了西云院收留域外人士

雍州府志序

虞代幅員備存焉貢厥家疆域悉著職方

秦漢以降下至元明地理之誌方與之記

飛文淶翰成卷作堆

本朝之古列國各有風土記愴哉失其傳

吳偶存者亦録此闕彼舉畧遺全取異捨

常循訛失實或其所見汨其所聽老友黑

川道祐閒居洛陽委性山林娛心烟霞名

西云院正殿匾额"万日念佛堂"

遗骨的独特性质。

我要与你说的墓石，就在西云院正殿西侧的竹林旁。那是一尊右手执莲花的半跏像，头戴类似志公帽或观音帽一类的帽子，帽顶似刻有一尊小佛像。我不知多少次路过这尊石像，一直以为是哪位寺僧的造像，没想到近来才看清石像下方的台石镌有"正保二年／杏山王鞟南居士／五月五日"的字样，其下为"大明国／福建道／福州府／福清县／六亲法界等"，其左刻有"清誉净心法师"。当时刚好离"春之彼岸"不远，墓前恰有新换的卒塔婆，清楚写着"杏山王鞟南居士"——这竟是一座明人墓。

归后翻检文献，发现有关王鞟南的记载非常少见，浅田宗伯（1815–1894）编《皇国名医传》卷上中有条目，只有一句："元人，投化，居京师，业医。"今人竹村俊则编纂的《昭和京都名所图会》洛东卷"西云院"条下云："自古都中小儿患百日咳者，即来拜谒王鞟南墓，患即平。"

出光美术馆藏有一幅俵屋宗达的《神农图》，王鞟南曾为之作赞：

> 传曰，仁重哉帝之厉君也，神化／宜民，爰立医道，养人之大端大法。／皆能裁成天地之所未备，由是乐和／

西云院内王韬南墓前石像

王鞭南墓后的竹林

王麌南像下"大明国／福建道／福州府／福清县／六亲法界等"字样

之休，无思不眠。其道统之流溢，达 / 也远耳。猗哉，善哉。右军裔韡南书（"韡南 / 子"〔白文〕）。

宗达是江户初期的画家，建仁寺藏有国宝《风神雷神图》，就是他的作品。虽然他现在非常有名，是美术史上与光琳齐名的人物，但在江户后期至明治年间，得到的评价远不如光琳，因而关于他的生平多有不明之处。这段赞语的落款自称是王羲之后裔，当然是传说。这位王韡南具体是何时来到的日本？我在《宗旦文书》里找到了几则与他有关的信息。宗旦(1578—1658)即利休之孙，是现在表千家、里千家、武者小路千家这三家的始祖。他留下了数百通书信，茶人田中稔曾整理出版。当中宽永十年(1633)七月二十八日有一通给三子千宗左的信，开篇云：

六月二十八日至今月今日约一月间，余已大愈。前月二十三日始建一叠半大小之茶室，今日恰葺屋顶也。有唐人名韡南者，近顷来日本，从其人处得顺气汤之药方，极有效。已如前之未病时，清早即起，准备茶汤。

既是"近顷来日本"，那么王韡南来日应在宽永十年，其

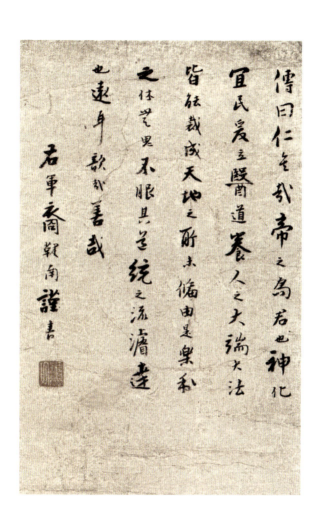

傳曰仁者我帝之為君也神化
宜民爰立醫道養人之大端大法
皆往裁成天地之所未備由是樂和
之休芒哭不眠其莫茎绕之流溝连
也遠年歙和善哉
右軍永閤韓南謹書

俵屋宗达绘、王鞑南赞《神农图》(局部)

时为崇祯六年，《皇国名医传》中的"元人"一语显属讹误。明清时期，渡海到日本的中国医师有不少，如陈顺祖、陈明德、何钦吉、王宁宇、戴曼公、马荣宇、胡兆新等人，其中明清之交避难者尤多，对江户时代的汉方医学影响很深。同年八月十六日宗旦又有一通信致宗左：

> 此处皆无事。如前两次所云，唐人医师鞑南，近来渡日，自半井古庵处闻之。古庵尽力，刻下乃获药，遂得康复，请放心。

半井古庵是京都的名医，茶人名家结识王鞑南，还要经人介绍，似可想象鞑南的医术在当时的京都很受信赖。同月廿八日致宗左书云：

> 六月下旬以来，服唐人（即鞑南）之药而康复，至今仍两日一服其养生药也。

同年九月七日致宗左：

> 近日身心如三十岁时，唐人之药，一日饮一包也。

西云院住持种了许多莲花，其中不少是中国品种

西云院正殿前的朝鲜时代石像

此半井古庵所赐。

次年正月十日致宗左信中有一句，田中稔认为颇费解：

> 鞑南云，不诊脉则不处方也。

或许是宗旦在信中反复提起鞑南高超的医术，远在江户的宗左也想求药，宗旦以此语拒绝。

临济宗禅僧凤林承章（1593–1668）的日记《隔蓂记》宽永二十年（1643）五月二十日条也曾提及鞑南：

> 閤公所劳之故，招大明鞑南医，笔谈，遣于玉龙庵，令诊脉也。芝大公、作庵、寅公、鞑南共于晴云轩，夕湌相伴也。

凤林承章出身公卿之家，与后水尾天皇交往甚密，精通和汉文、书画、茶道、香事等贵族技艺，曾任相国寺第九十五代住持、金阁寺第二代住持。他留下的日记是中世向近世过渡时期的重要资料，日记里的閤公、芝大公等人都是他的友人。此时王鞑南已在京都定居达十年，就"笔谈"可知，或许他还不通日语。金阁寺藏"鹿苑寺文书"1919号中有"什品目录"，其下有一件《游鹿苑寺诗》，注云"明人鞑南笔，赠凤林长老也"；"鹿苑寺文书"743号总有"鹿苑寺明细账"，有一件"明人鞑南书"的《赠凤林和尚诗》，可以略窥王鞑南在京都的交游。

可惜再不能找出更多有关王鞑南的信息，也未见他留下什么著述。石像所记的正保二年（1645）应是他的卒年，那么他在古都大约度过了十二年光阴。这里是否还有许多乘槎而来、近于湮没无闻的异乡人？那日春雨霏霏，西云院中山茶盛开，竹影瑟瑟满地，寺里人将落花置于王鞑南石像的手心与足畔，很温柔的情景。旁边还有一尊遍布苍苔的地藏菩萨，一手执锡杖，另一手中也有落花一朵。长眠于花树之下，受寺庙世代庇护，也是难得的清净。西云院内还收藏了朝鲜时代的石像，种了中国品种的碗莲，不知住持从何处得来。下次过去，要找机会问一问。这座异乡人的寺院，我原本就非常喜欢，今后大概更觉得亲切。

此刻山中仍在下雨，樱花开得比往年都早，已谢了许多。开学就在眼前，终于赶在忙乱到来前写完了这封信。祝你一切都好。

松如

杏月十六

后　记

　　2010 年，刚到京都之后的第二年，嘉庐君约我在故乡的《江海晚报》上写专栏，叫"京都通信"。2017 年，专栏稿结集出版，正是《京都如晤》。那之后，专栏虽然更新得很缓慢，却没有中断，如今又到了可以成书的时候。本书选了几通早年未收入《京都如晤》的篇章，以示与前书的联系；又因主体部分的内容更多与"书籍"有关，故而以"书问京都"为题，是与"如晤"互文，也是为强调本书的特点。

　　《京都如晤》后记中说，当时搬了三次家，终于做了朋友书店的邻居，窗前有一屏青山相伴。幸运的是，那之后到现在，我暂时还没有搬家，这也使本书比前书少了许多慌乱的气息。我与这小屏山朝夕相处，几乎认识视野里的每一株树，知道何时谁开花，何时谁结果，何时鸟雀飞来。风拂过山林，四季晨昏，各有不同的声音，我逐渐听懂了它们的咏叹。

　　如今，我们已有非常迅捷的沟通方式，书信的形式与效率令人生疑。然而我依然喜欢这郑重的交流，以及按捺情绪的沉默，仿佛声音穿过山谷、抵达彼端时的这段等待。良宽有和歌云：“赠人书信的文字／优美地写成了／那之后的一小会儿／真是开心。”本书就保留了不少这样快乐的时刻。这些书信有的是奔忙整日后在灯下匆匆写就，有的是上下班途中在拥挤的电车内完成，也有一些是难得悠闲时写在纸上——我有一只旧信匣，盛满远方的来书。

2020 年的通信比任何时候都频繁，这的确是特殊的一年，因此我们都有意识地想要观察和记录更多。然而必须承认，当时留下的文字背后，未尝没有某种过度的乐观，以为我们熟悉的往昔很快会恢复。然而古都的风貌与生活节奏已发生很大的改变，我也很久没有回到故乡，好在有嘉庐君的来信，告诉我故乡风物人事的变迁。

感谢嘉庐君多年来的敦促与迢迢相寄的音问，才有了这本书的诞生，他的来信与本书互为表里，虽然暂时只能从我的去信里窥见他的消息。也感谢挚友庆媛小姐为这本书付出的心血，没有她的辛苦工作，这些书信只是散落旧箧的断章，不会以书籍的形式延续《京都如晤》的温情。当然还要感谢为本书撰序的从周，他仍然在本书频频登场。愿我们都能留下更多属于个人的记录，等待来自某个时空的回音。

2021 年 5 月 26 日